U0485294

周艳东 著

山居牧月集

南方出版社

图书在版编目（CIP）数据

山居牧月集 / 周艳东著. -- 海口：南方出版社，2024.3
ISBN 978-7-5501-8940-9

Ⅰ.①山… Ⅱ.①周… Ⅲ.①诗词—作品集—中国—当代 Ⅳ.①I227

中国版本图书馆 CIP 数据核字 (2024) 第 057982 号

山居牧月集
SHANJU MUYUE JI

周艳东　著

责任编辑	王　伟
出版发行	南方出版社
地　　址	海南省海口市和平大道 70 号
邮　　编	570208
电　　话	0898-66160822
传　　真	0898-66160830
经　　销	全国新华书店
印　　刷	湖南省众鑫印务有限公司
版　　次	2024 年 3 月第 1 版
印　　次	2024 年 4 月第 1 次印刷
开　　本	787 mm×1 092 mm　1/16
印　　张	12.5
字　　数	150 千字
定　　价	68.00 元

前　言

青春是一本不悔的画卷，生命是一场没有归途的旅行……
或是微风穿过你柔软的发丝，
掠过一路的浮尘……
安静地停留在我的世界。
从此，便有了你的一丝痕迹……
世界那么遥远，
你的路或平坦，或坎坷，
善良永远是你前行的方向！

人生既然是场单程票，
何须太认真？
去做想做的事，去爱想爱的人！
去谱写自己的故事！
去出自己的书！
去告诉这个世界，我……来过！

半月阁序·玩月山居

时于八月，初秋未满。
穹窿幽谷，玩月台上。
慕闻千古之悠悠，宁邦护龙之脉也；
飞檐雕龙，凤刻古亭。
米芾篆字，徵明踏青。
弘一著笔，康熙留名。
霞光蔚满万竹空，一溪亭下穹窿忠。
千亩浩瀚几尽翁，唯有倾心此山中！
幸有八方之宾朋，齐聚春秋戏台中。
品百丈清泉，煮甘贻茗香。
席间绍兴代先生登穹窿之悟笔：
惊梦午夜后，穹窿望汴州。
迎风思鹏举，弯月照吴钩。

飞之敬者，虽年少为大学先生，却集豪气于胸。辖万物内生也，时有内观悟道之士……却谦于众人之徒，贵也！

亦有云游四方之高僧，善辩经者……亦出口成诗之师者！

众悟今之众生皆苦燥，未有静心者之道也，幸遇此地穹窿！

山虽不高，灵动百里。
水虽不深，智慧吴中。
霞抚绵延，远眺姑苏。
尽显江南小丘柔刚之美！
亦得南大校友及商贾益友！
八方诗友皆青云之上，下榻山居陋室，吾之幸！

皆乐，笑声遍穹窿……逾太湖过湖州，着绍兴女儿红之清水预来日之聚，待满月敬穹窿，万亩青碧竹之清风常在，吾亦兴之所起，于诗云享众之。

穹窿青山楚宋吴，一曲江东画太湖。
紫竹幽幽空尽出，玩月山居举杯书。
绍兴才子代华儒，天之骄子视梦初。
春秋戏台皆友著，哪得红玉桌备出！

最后，本书的付梓，我要向所有支持我的朋友们致以最诚挚的谢意。感谢苏州大学文学院陈国安教授的指导，感谢帮助我整理诗集的杨云、悠悠、黄华三位助理的辛勤付出，感谢编辑团队和出版社工作人员的专业工作。

目　录

第一篇　春

嗨，春！／002

动静皆修／003

臘　梅／004

半生已过半生缘／005

乍暖还寒·居隐／006

友聚又复寒·平江／008

梅落·魅络／009

春／010

巡山遇玉兰·春／011

春　雨／012

春愁·赠友人／015

惊　蛰／016

绵雨诉惊蛰／018

饮清欢／019

愿你不着尘世埃，愿你笑若桃花开／020

春　雨／021

樱落·春／023

春意浓／024

春归·鹊起／025

记辛丑年春分／026

春　夜／028

忆青春／029

春雨煮茶／030

半月阁·仙人雾／031

最美人间四月天／034

醉穹窿山居·半月阁／035

穹窿解春愁／036

落倾城·太湖美／037

春意阑珊·山居／039

山居穹窿／040

山居·玩月台／041

1

远眺太湖·春 / 042

春寒四月·芳菲谢 / 043

浅草知春醉 / 044

思友望太湖·穹窿 / 046

谢友赠小菜茶 / 047

映山红·又逢人间四月 / 049

珍惜当下·善待余生 / 050

唤春新 / 051

最是江南丝雨瘦 / 052

醉了红尘，却负了情深 / 053

情断江南，梦忆伤 / 056

对影轩·臆想 / 057

又是一年谷雨时 / 058

无题·夜 / 059

清骨如你 / 060

穹窿小聚·同学会 / 061

春的午后，我愿 / 064

喜见故友 / 065

山居·五月观日出 / 066

春末夏初·玩月山居 / 067

禅悟·劝君赋 / 068

第二篇　夏

啸风霂雨·山居 / 070

似是月入怀 / 071

山居初夏 / 072

初夏·如梦令 / 073

晨雨·夏 / 075

如夏·壬寅 / 076

一溪穹窿秘语 / 077

知己何求·饮长街 / 078

小满·雨 / 079

小满·壬寅 / 081

山居·盛夏 / 082

盛夏·山居 / 083

感恩·7.4 / 084

明号夜半闲·榻上赋 / 085

又逢小暑·山居赋 / 088

玩月·山居 / 089

山里人家山外弦 / 090

思夏语春归 / 091

大暑山居逐·壬寅 / 092

醉酒赋·今夕何夕 / 094

晨跑独墅湖 / 095

晨·独墅湖 / 096

祈语羲和绕日 / 097

明月照苏城 / 100

浓荫蔽日玩月台 / 101

山居·将军府 / 102

何当共剪西窗烛 / 103

夜雨寄北·玩月山居 / 105

山居·茶醉半世憨 / 106

一枕难书 / 107

山居·听雨 / 109

纳兰性德·语容若 / 110

夜步独墅湖 / 111

山居·玩月台 / 112

晨安·独墅湖晨曦 / 114

山居·高山流水 / 115

梦亦似真 / 117

梅雨潇潇风兮 / 118

如梦肆零·刚刚开始 / 119

愿 / 120

将军府·玩月山居 / 121

避暑·玩月山居 / 123

山海经·归墟·帕劳 / 124

第三篇　秋

月色的温柔只有水知道 / 126

紫檀香插 / 128

我　愿 / 130

情　劫 / 131

华盖本无储·生来语世孤 / 132

聆听·平江 / 133

自　嘲 / 134

玩月台赋 / 136

困梦·挟己 / 137

蕲王归隐·玩月山居 / 138

烛泪剪影求 / 139

仙境穹窿·玩月山居 / 140

天涯很远，生活很近 / 141

青梅烹小杏，梨花醉饮谁？ / 143

空山新雨后 / 144

一醉锁清秋 / 146

玩月山居·癸卯中秋 / 147

醉饮孤舟·山居 / 149

仙山仙人仙雾绕·穹窿小聚 / 152

无　题 / 153

悦姑苏·半月阁 / 154

3

第四篇　冬

初雪·随笔 / 156
立冬·辛丑 / 157
立冬·夜读 / 158
立冬·寒蝉 / 160
友聚壬寅·冬 / 161
将夜·初冬 / 164
初冬阅·夜半 / 165
破晓·山居 / 166
回邓仙公词·玩月山居 / 168
小养生以食之，大养生以修之 / 169
隐修·山居 / 171

大雪·壬寅 / 172
穹窿逐雪·玩月山居 / 173
隐居穹窿·玩月山居 / 174
送给藏北女神——珠穆朗玛 / 176
梦忆·冬至 / 177
坡山牧云记 / 178
穹窿·听冬雨 / 179
品茗踏雪·山居穹窿 / 181
壬寅年·腊八·雨夜 / 182
举杯邀明月 / 183

第一篇 春

嗨，春！

一场春，醉了篱墙、忘了梳妆……
路尽羞语处，却道潇潇风雨竹；
时光逝人恼，红了梅娇、绿了山坳……
透过光阴，模糊了你眉梢……
嗨，春！你好。

动静皆修

蝉不语清风，
春不问西东。
小楼不理人间事，
穹窿不与四时同。
闲时修行，
忙时阅不同。

　　作者注：蝉的孵化永远不会在意这世间的一切，只会静静地等待自己慢慢蜕变，春的到来从来不会因为世间种种而推迟……
　　我呀，就静静地在我的山居里看着四季的变化吧……
　　忙的时候遍览不同事物，
　　闲的时候自我修行！

臆　梅

云樟卧佛蝉舞箫，青烟缭绕银杏眺。
闻香而来梅花俏？先生可是梦中邀。
将军可知归去路，钟声响起蹬迢迢。
在此千年佳人约，酒醒梦回梅未消。
春竹夏荷秋有杏，冬有黄杨千年兴。
寻遍天涯斜月照，梅香引路玩月巢。
自此仙山佑有兆，引得路人龙脉逍。
求得家国疫无朝，宁国安邦寺有诏。

作者注：宁邦寺和玩月台是穹窿山两处景点，宁邦寺内的江南第一唐彩卧佛坐落于大梁时期韩世忠将军部下所建的宁邦寺内百年香樟旁，卧佛因坐落于悬崖绝壁，犹如云端望苏城。寺院内念佛堂旁有一棵中国现存最古老的黄杨树，寺庙门口有一棵一千多年的雌雄同体的银杏树。宁邦寺左侧为韩世忠将军赏月休闲的宅子——玩月台，玩月台内有春秋戏台、荷花鱼塘、梅香，引着路人常来此处赏龙脉（玩月台内有一条长廊为穹窿山美景最佳观赏点，亦可在此远眺龙脉）。

半生已过半生缘

半生烟雨半浮沉,半忧半喜半世尘。
小女本非人间魄,怎奈劫后又做客。
此生且把劫欢过,诗酒人生茶侍歌。
不负今生不负客,不负家人不负酌。
纵有千般滋味过,醒来依旧阳光帼。
竹肌胸有乾坤壑,空杯对事兢履笃。

乍暖还寒·居隐

窗外寒风残，榻前不解春日寒。
烛影茶斟满，书香醉芷晴兰盏。
莫怪少年踌，不惑自有不惑禅。
春始斜月叹，生蝉身禅笙声绽！

作者注：初春的夜晚窗外寒风呼啸，榻前煮着酒，翻阅着书籍……想起身边的年轻的朋友，不要怪他们年少轻狂，等他们到了不惑的年纪自然会懂得不惑的心境。抬头望望远方的斜月，不禁感叹此时的自己就像蝉生一样，经过寒冬，历尽千帆，身心俱禅，希望余生可以在美妙的歌声中绽放。

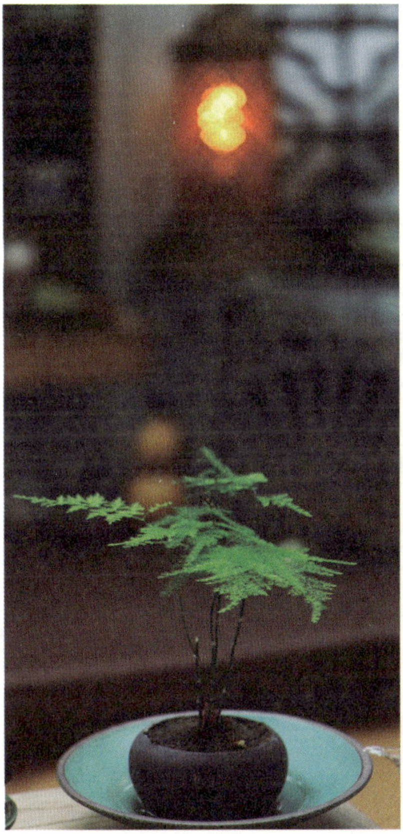
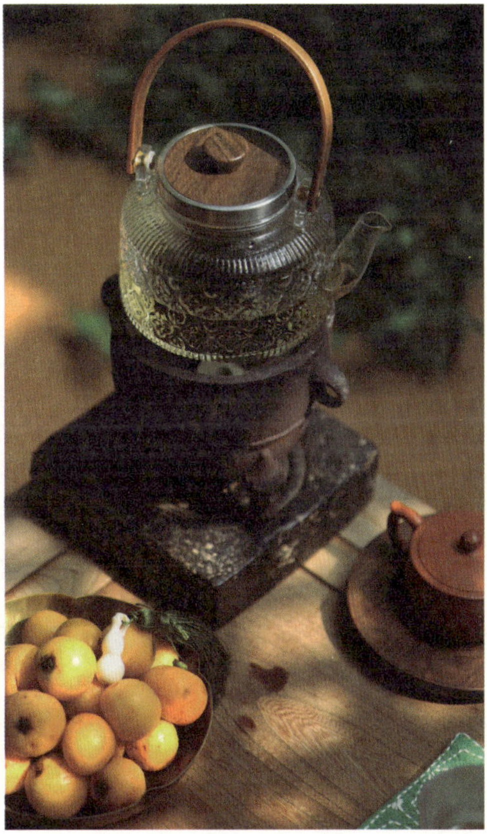

友聚又复寒·平江

帘外悠悠寒，春风厉雨残。
堂炉煮食馋，以解春日寒。
纱幔飘过盏，茶香室室沾。
小聚古城惝，笑把星月阐。

作者注：唉，乍暖还寒的初春啊……
　　竹帘窗外寒风沥沥，堂内炉火煮的小食，希望可以一解初春的寒冷。姑苏古城暮色撩人……三五好友星月同饮，忽而一阵清风飘过，吹得纱幔带着茶香飘得满堂皆是。

梅落·魅络

倾世的夜色姑苏,
怎敌清风掠过你玉体间的梅眼一笑……
梅花落,
倾世的温柔
倾城的红颜……
浊酒一杯与傲骨寒梅。
醉意阑珊,且饮一杯姑苏醉!

春

雨滴檐壁青石凄，
林中溪曲百鸟栖。
春缊椿芽鹁树息，
星月艳袭欲阙兮。

作者注：雨后的山间空气清新而美好，听着溪流和鸟叫声，看着长满青苔的青石，听着屋檐下滴落的雨滴，感觉到香椿芽在长大，看着暮色的山间，这便是人间仙境了。

巡山遇玉兰·春

春雨如丝唤新枝，
回廊似梦似卿矢。
忽遇玉兰语溪池，
可有桃花崭情织。
且把红尘戏如痴，
出世入世皆孺时。
芙蓉着水不语世，
只会人间四季峙。
元宵节时山居士，
伊始穹窿龙脉驰。

作者注：春雨如丝一样滋养着枯枝换新芽，雨后的长廊在云雾间若隐若现，像梦境一样不真实。曲折婉转的回廊间突然发现玉兰花开了，满是惊喜！接下来要开的便是桃花了吧……桃花开了会不会就有痴情的人儿出现了呢？唉……我这个情痴何时才能把情当作戏一样啊。还是不想这情情爱爱了吧，看看这穹窿山的龙脉，在元宵节这样特殊的日子，做一个不语世间四季的女子吧，或许居士做久了，天上、人间便只是一念间了。昨日巡山遇见溪旁玉兰花、玩月台屋后树莓花开，惊喜之余，冒雨和厨师一起移栽树莓到前院……

春　雨

细雨抚窗倒春寒，
哒滴花间泪倾弹。
陋室芬芳嵌水连，
顾影自怜声声惭。
待到春暖花开时，
可有良友分茶吃。
待到山花烂漫时，
可有余生共枕仕。

作者注：初春的姑苏细雨绵绵……细雨伴着树莓花嘀嗒、嘀嗒得好像泪水掉在了桌案上一样，花瓣随着雨滴在花窗上轻抚渐落。虽已是三月窗外依然像冬天一样冷，听着天井雨水嘀嗒的声音，不觉间镜前顾影自怜。惭愧……惭愧这日子呀，怎么一直都是一个人呢？希望到了春暖花开的季节，可以有良师益友一起赏花吃茶，希望到了山花浪漫的季节，可以有余生挚爱相伴到老。

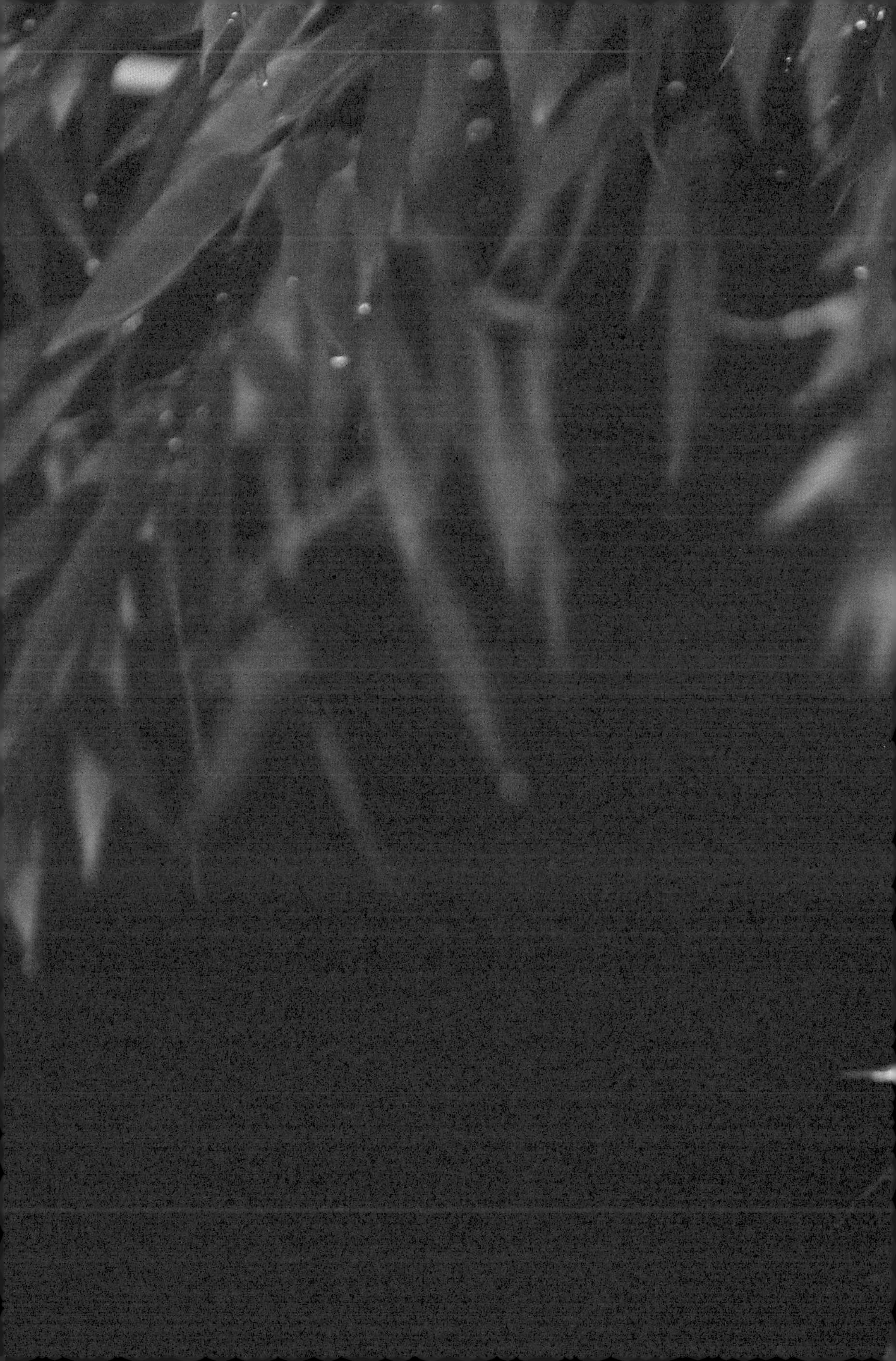

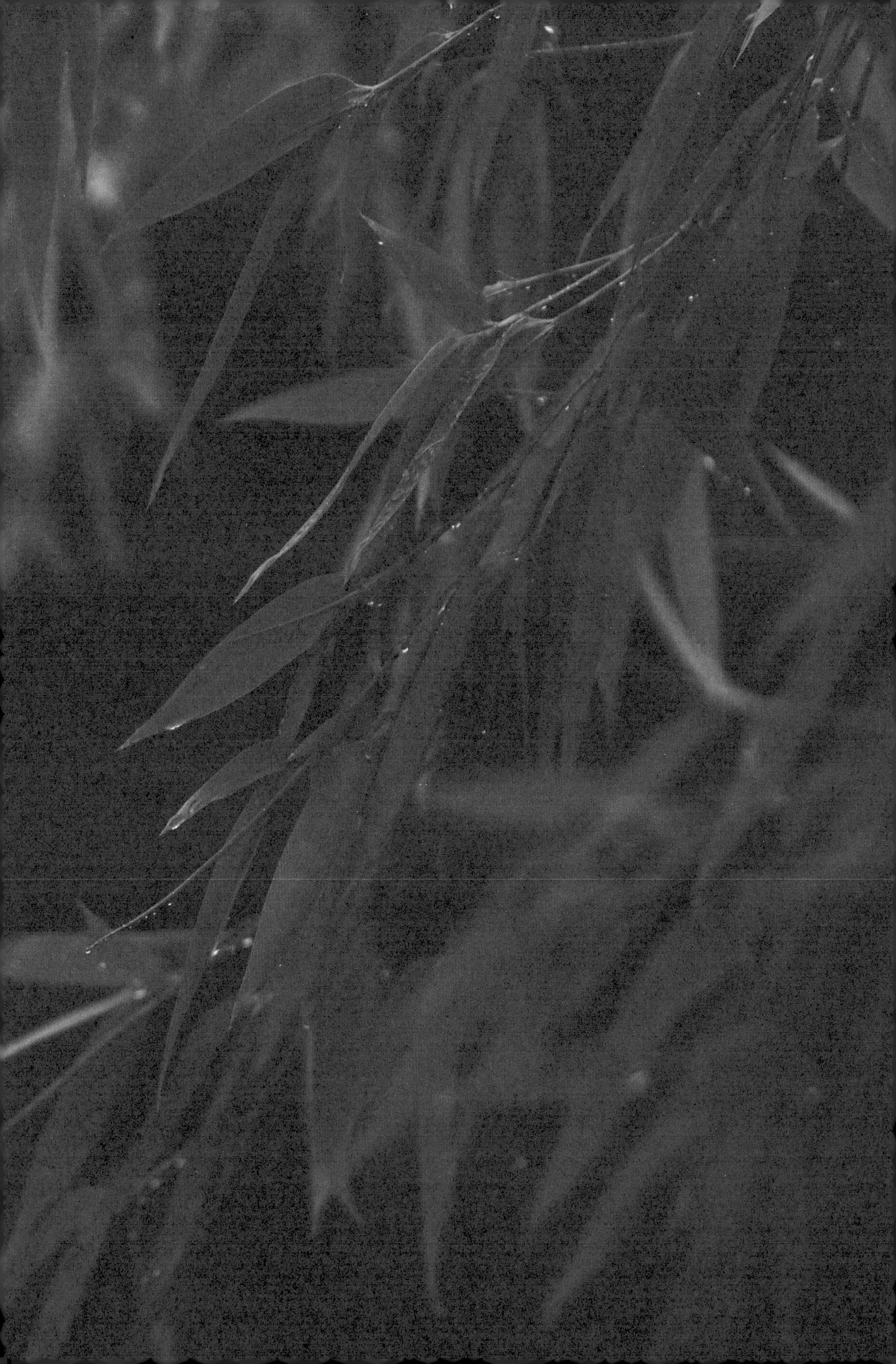

春愁·赠友人

春雨挟露着竹梢,
扶摇迎春晨露翘。
春笋不知竹梢焦,
竹梢不解春笋矛。
待到羲和霞光照,
愁云惨雾纷纷逃。
竹节更是年年高,
雨露春笋展露笑。

作者注:一生很长,不要被当下的困难绊住了前行的脚步,每个人都有自己的喜与悲,莫望他人喜,只见自己悲。莫语他人非,且顾自身的进步与未来的成长,只要你够阳光,好运就在路上。

回首过往,只是故事……会心一笑皆尘埃,当下即是未来的过往,劝君着眼未来,不执迷、不焦虑,只努力,遇见更美好的自己!

惊 蛰

春生万物长,阵雨绵绵长。
风酣惊蛰颤,倒春寒幽寒。

作者注:惊蛰是24节气中很特别的一个节气,古语有云:"惊蛰风吹土,倒冷四十五。"惊蛰时节风起阵阵,倒春寒会再增45天。今日寒风阵阵,且观古人的说法,看古人观天象的结果是否可以经受现代气候的考验,今年这关于倒春寒的诗我已写了有六七首了,这还要寒到何时?还要写多少首?春天才会真的来呢?

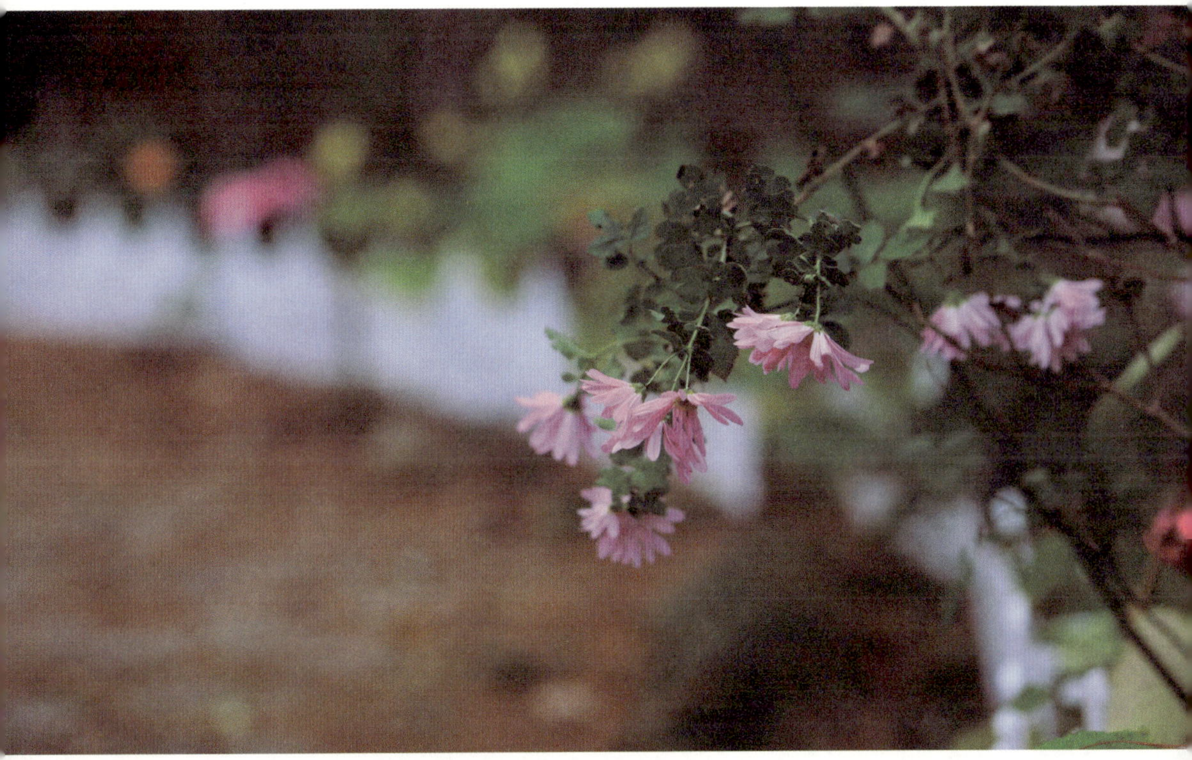

绵雨诉惊蛰

夜宴天阶拢银河，穹窿问鼎寒风擎。
对影轩下清茶酌，浮浮沉沉半生簸。
无尽春雨诉春贺，此花开过百花蛰。
尽享百态尽享卧，豁达洒脱且生歌。

作者注：今年的初春果然很特殊啊，古人说的没错。这惊蛰后的倒春寒是没完没了啊，在穹窿之巅望着姑苏城，就如天宫中的银河夜宴一般繁华闪烁。此时的我在对映轩下又陷入了沉思，想起自己这半生的浮浮沉沉、半生的颠簸，终于在不惑之年安居这山间，终于找到了安放心灵的地方！在这山间阅尽风雨、阅尽百花、阅尽繁华和枯木，也终于修得一颗卧佛般的心境，余生就享受这世间百态吧，做一个豁达洒脱的人！

饮清欢

一宅一院一座山，
一春一秋一诗婠。
一粥一茶一清欢，
一撇一捺一世憨。

愿你不着尘世埃，愿你笑若桃花开

肤若无根花，眸似冰露河。

本该莲花坐，却惹凡尘舍。

历劫有神佐，建有丰功哲。

依依杨柳泽，花开待心澈。

作者注：此诗赠一位友人，一位不向命运屈服的白玫瑰！

春　雨

昨夜晓风又寒露，
竹影曳舞寻梦竹。
午夜泪烛生情愫，
花窗帘卷东风怵。
铜镜怜惜飞小主，
粉裳红妆也无驻。
卿阴雨晴亦无出，
梦独处醒亦独处。

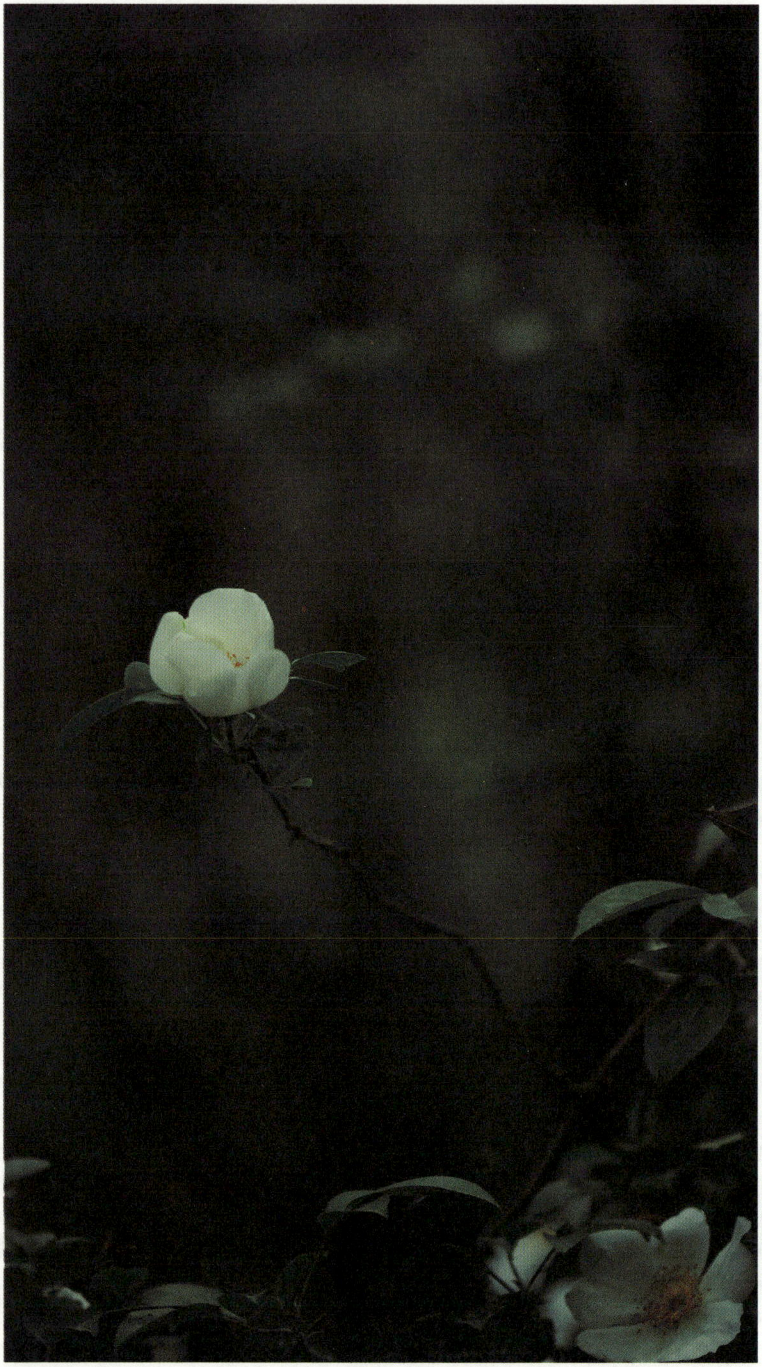

樱落·春

晚樱花雨压枝低，
垂丝海棠点点绿。
悠心倾倾侧尔缇，
人间偷得半生吉。

春意浓

春语花丛中,不知相思浓。
红粉青绿拥,却把脂粉重。
曲轻箫飘咏,是友斟茶腔。
花开又复宠,愿君岁岁腾。

春归·鹊起

小山眉倾鹊儿飞,
燕儿巢归越山回。
鱼游春水戏影追,
窗前花容恐妆挥。

记辛丑年春分

青谷幽幽山人家，
翠竹浮生衫浮华。
烟雨江南百花洽，
才子钟爱春风姹。
扶摇春分寒雨下，
痴情公子一朵花。
百花绽放亦无她，
唯有倾心付芳华。

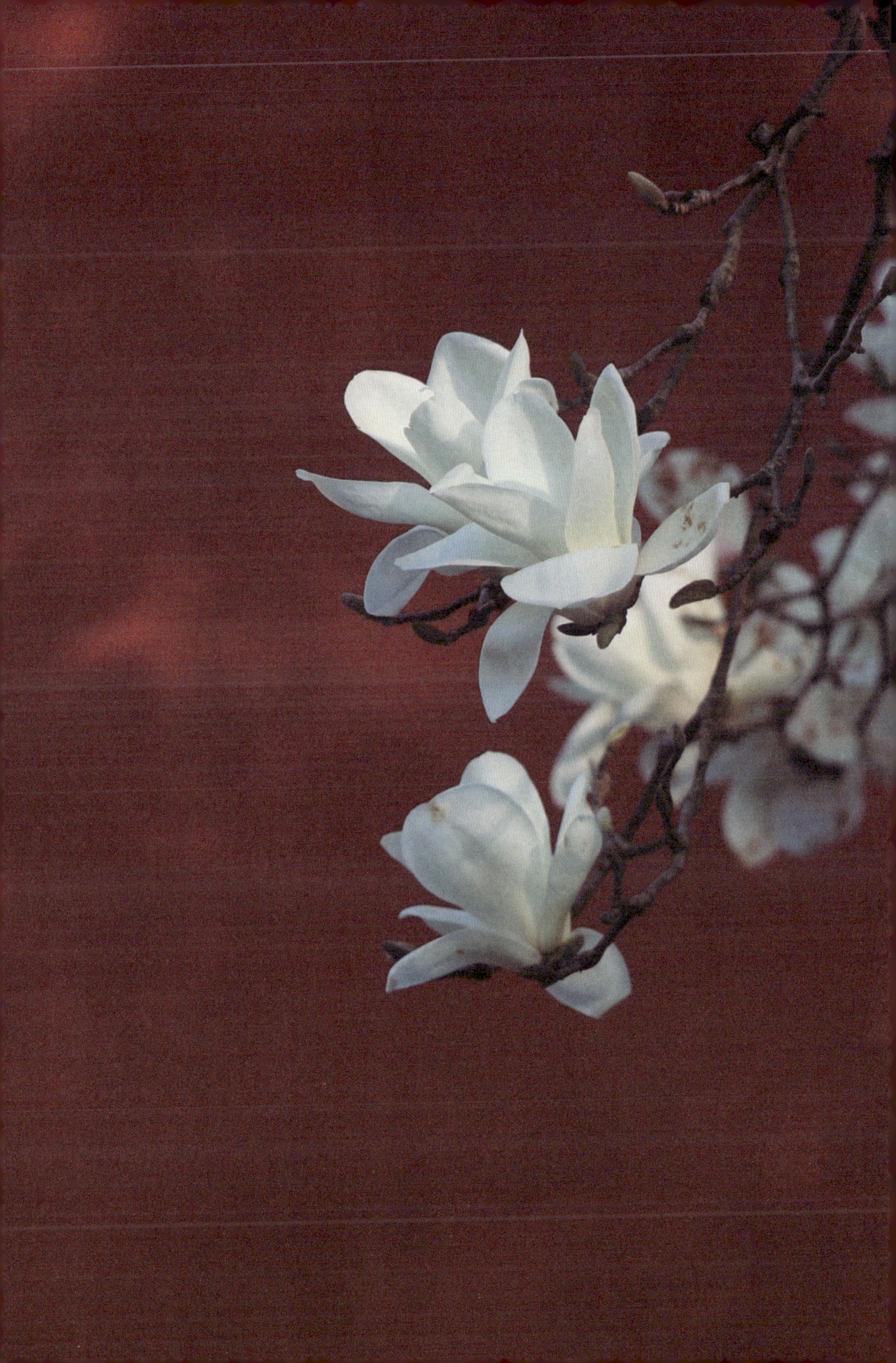

春 夜

帘外春色了无边，
棠前煮酒夜盛山。
月色皎洁薄云烟，
夜也无眠醉无眠。

忆青春

春色撩人忘情纷，
桃花舞姻醉红尘。
天上人间梦思深，
杨柳依依江南润。

春雨煮茶

春愁春雨煮春茶,莫伤莫念莫踌躇。
花开花落花飞恰,惜今惜福惜缘逐。

半月阁·仙人雾

春降纱缦如梦幻,
小院迎春愿景婵。
九曲回廊鹏飞传,
瑶柱薄雾飞竹树。
浅唱低吟天施助,
幽香沁逐长相舞。
山间半月地语吴,
对影轩下久笙祝!

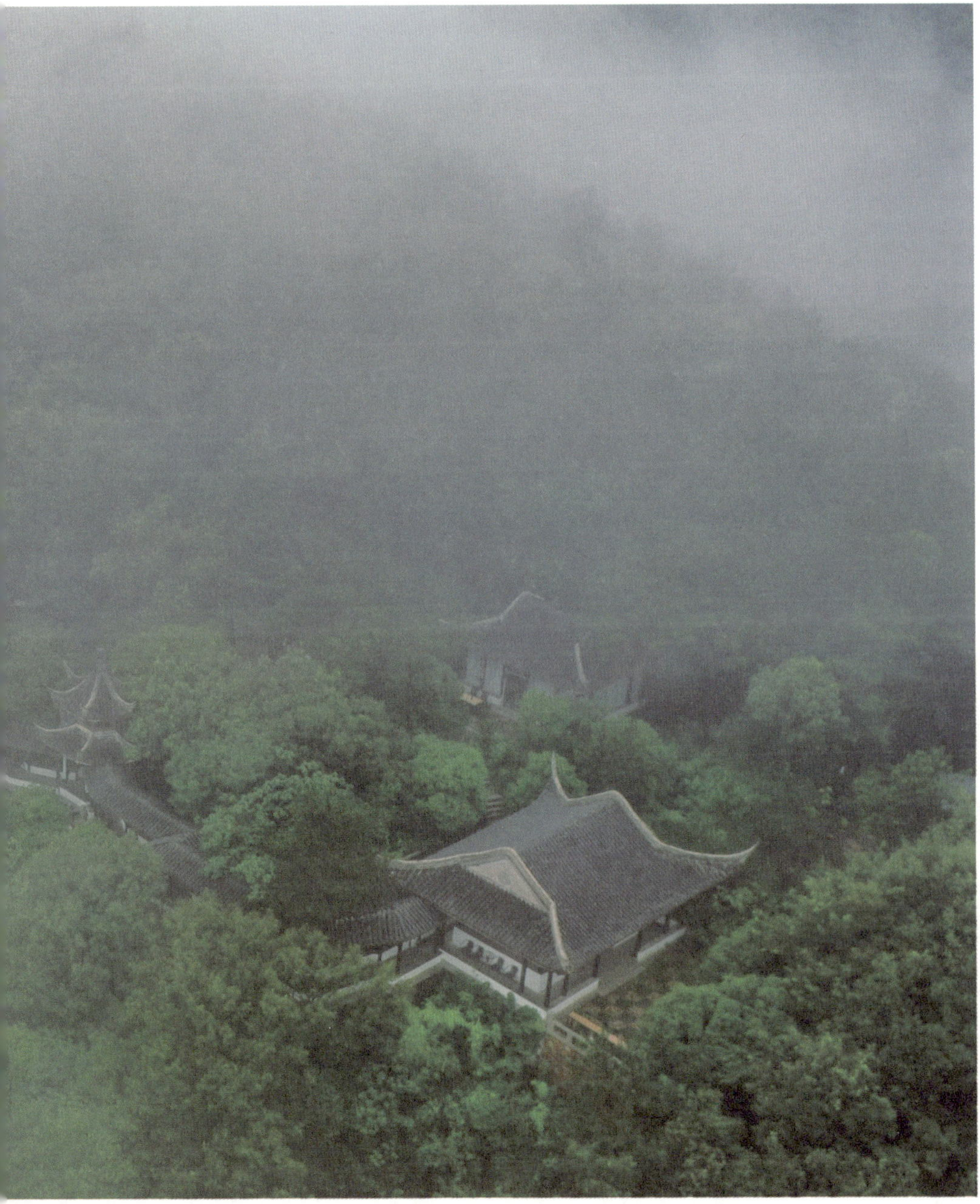

最美人间四月天

清风拂耳悦诗集，
袅袅炊烟飘村祭。
翡翠朱红点点绿，
世间浮萍四月期。

醉穹窿山居·半月阁

误入通幽樱花海,繁花粉醉舟遇苔。
步艰竹叶撩春彩,原是穹窿胜迹哉。

穹窿解春愁

残酒未消疏云透,
春满乾坤逗漫绸。
泉茶百花待君守,
清风晓月解百愁。

落倾城·太湖美

一山一水一苏城,
一霞一盏一巅峰。
一草一木一人行,
一清一欢一余生。

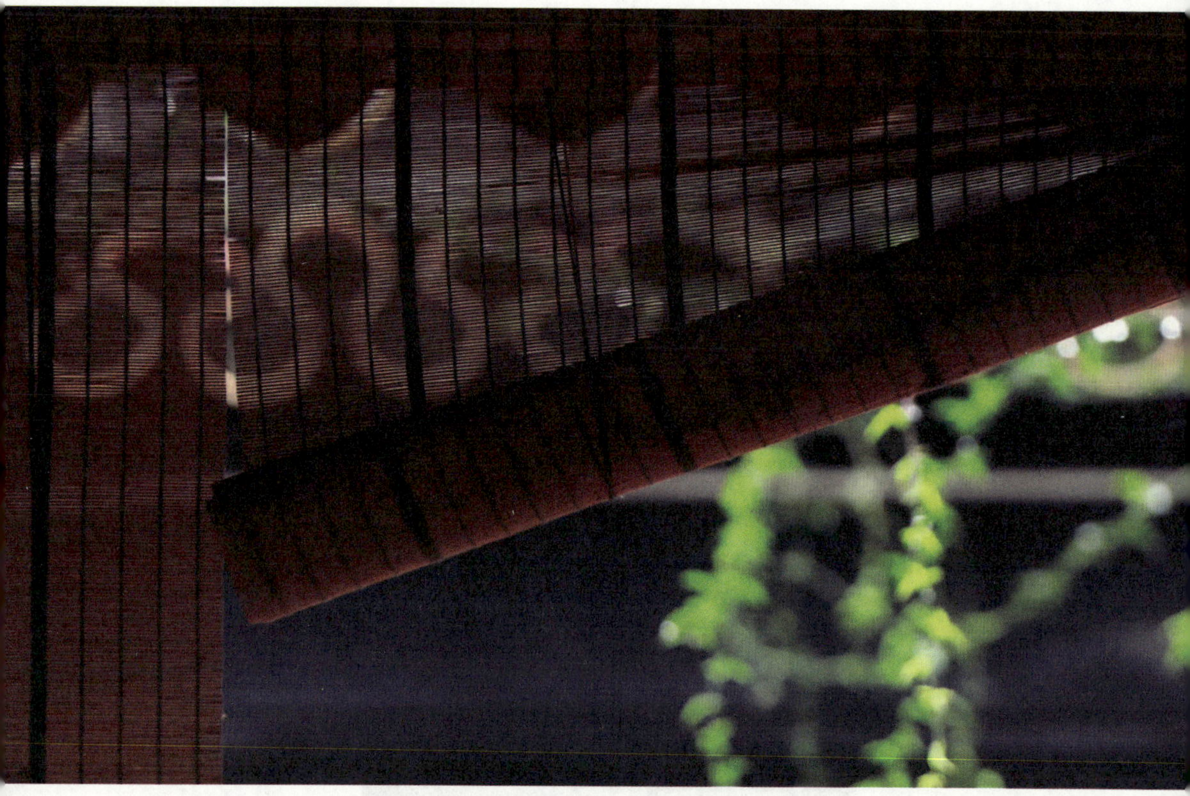

春意阑珊·山居

樱花桃粉争春魅,燕儿蝶飞语春归。
茶香果味狸猫醉,帘外阑珊多妩媚。

山居穹窿

撩纱羲和抚,万物生生初。
穹窿山居驻,自此无他处。

山居·玩月台

幽香穿廊抚竹颊,北山山居谁家画。
晓月晚樱潇潇洒,可否小楼夜语茶?

远眺太湖·春

清风遥望碧湖遐,南山小径有人家。
斜阳樱雨悠悠下,慕闻穹窿语春茶。

春寒四月·芳菲谢

春深花似锦,夜雨掩露晨。
扶摇抚尽尘,繁花亦落尽。

浅草知春醉

暮色惹曦归,浅酌酒一杯。
将与知人醉,夏虫语冰悲。

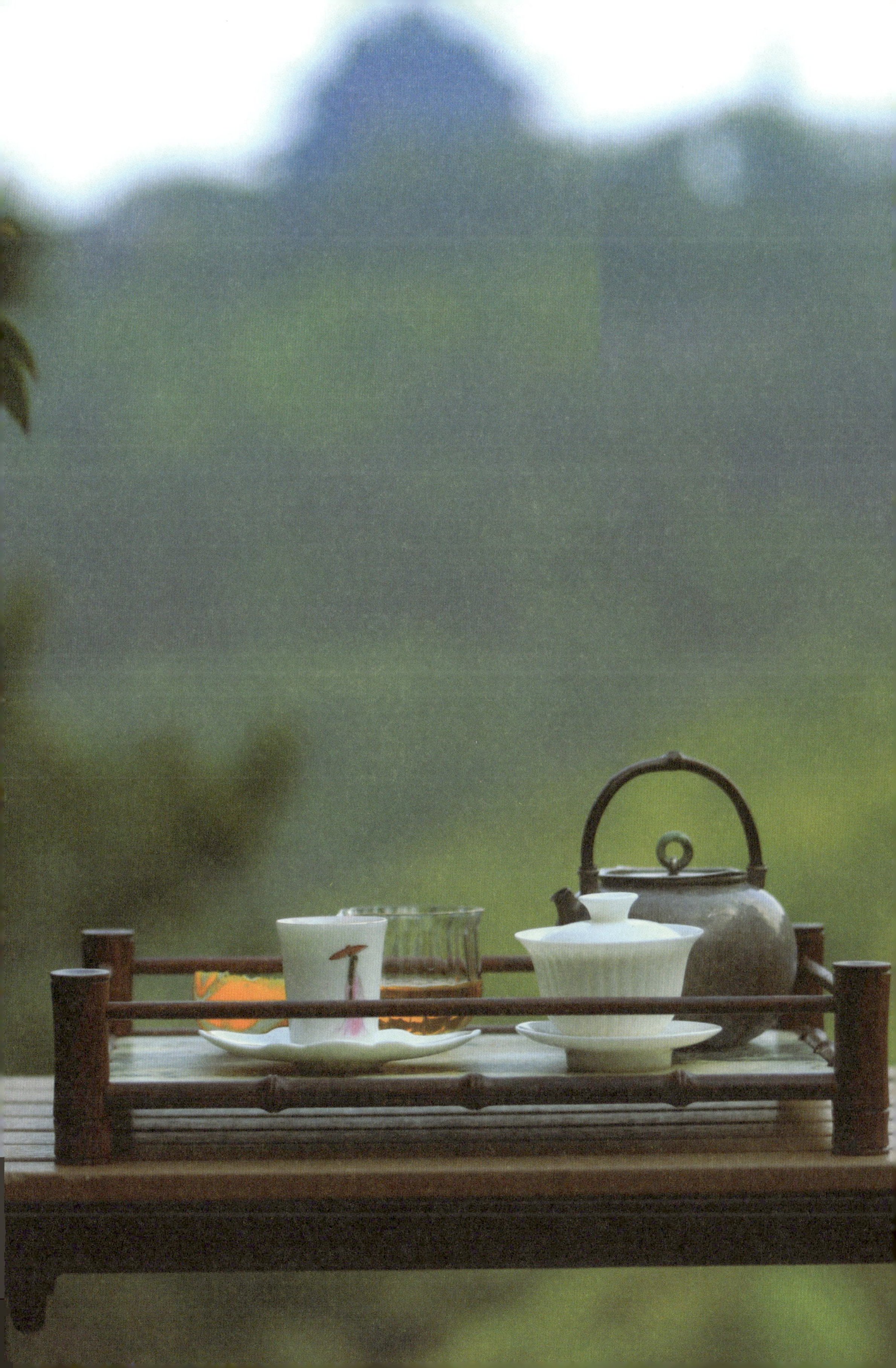

思友望太湖·穹窿

飒飒东风碧波澄，
隐隐径中渡有重。
隔岸远眺太湖枫，
故友相见旧时同。

谢友赠小菜茶

世间最珍小菜茶,莫语冰言无心他。
春旱山家舀深泉,半壶煮茶半浇花。

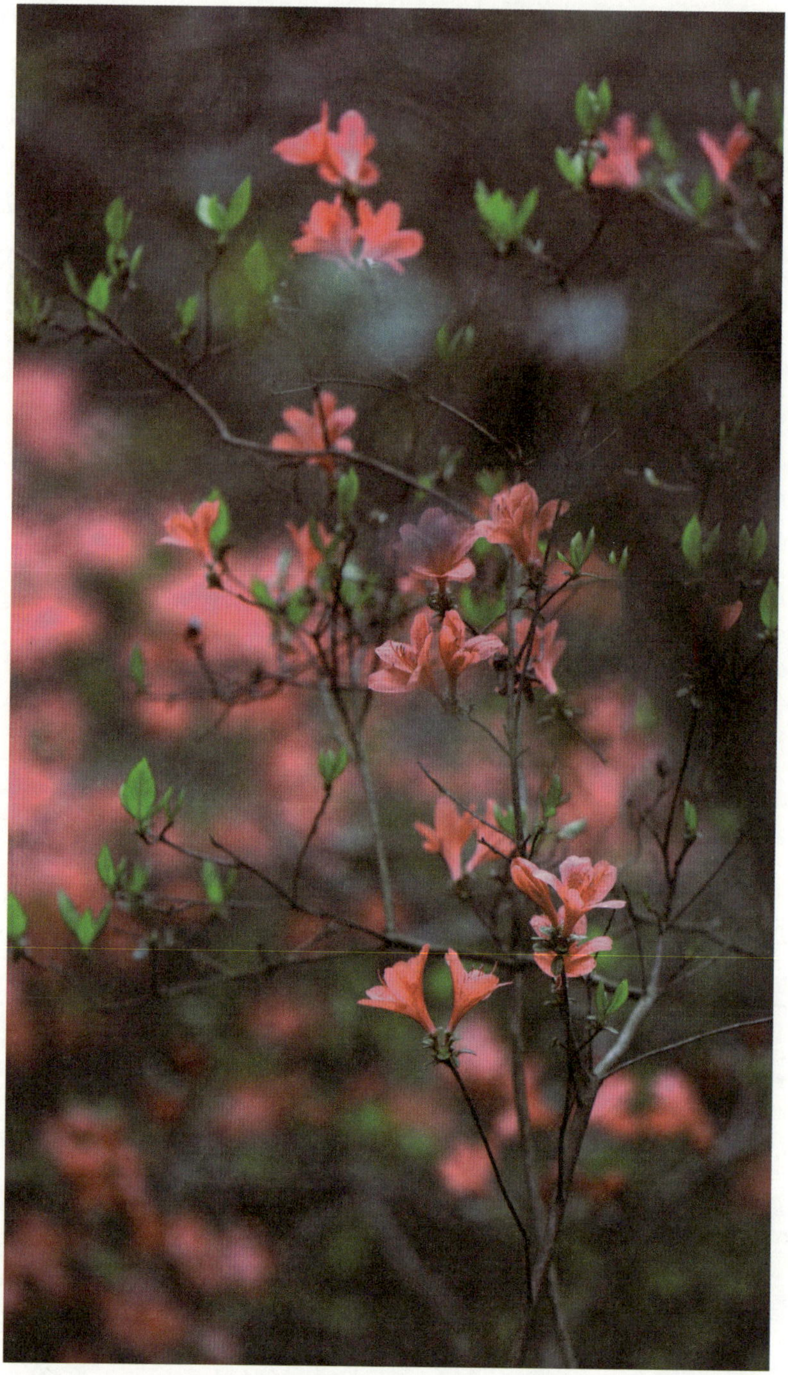

映山红·又逢人间四月

千古悠溶遇穹窿，青松翠竹掩寒冬。
惊蛰清明汉春耕，盎然生机力无穷。
满山遍野映山红，只为一春开一程。
夏秋不及君春风，四季有时斯意浓。

珍惜当下·善待余生

时光不染纤尘

旧月不待今人

愿往事随风

不问过往西东

勿让旧梦扰了初衷

勿让过往牵绊了你的出征

愿你用珍惜换取幸福的余生

愿你笑如春风，不枉此生……

唤春新

日日晨露新,醒来忆初心。
羲和抚竹琴,寒舍又复勤。

最是江南丝雨瘦

润滋春柔小院舟,花窗瘦雨霏霏骤。
一曲江南亭下愁,三五好友煮茶酒。

醉了红尘,却负了情深

花色生香欲雪盲,
树花两地语思伤。
自此分别再无香,
情断肠意也断肠。

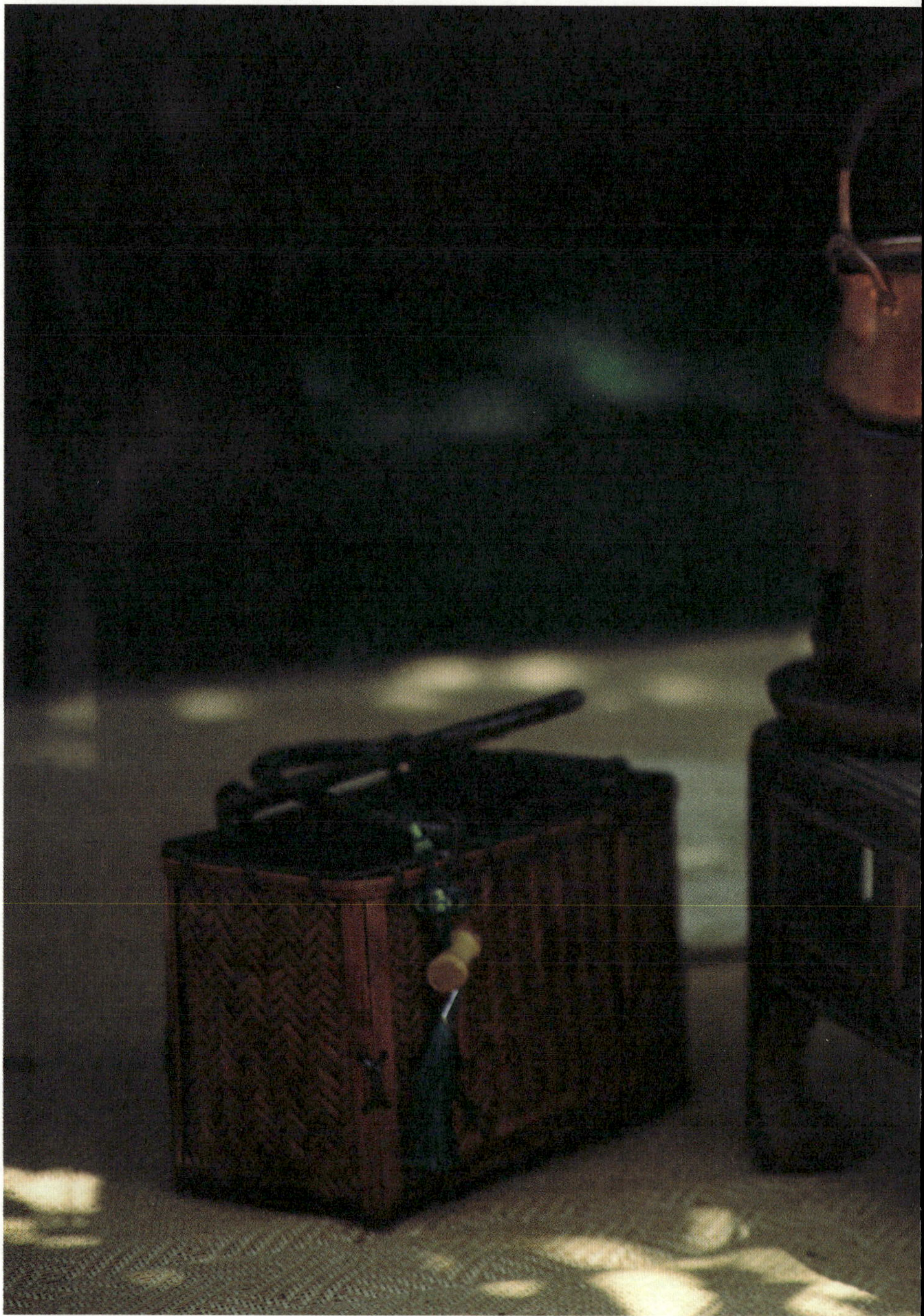

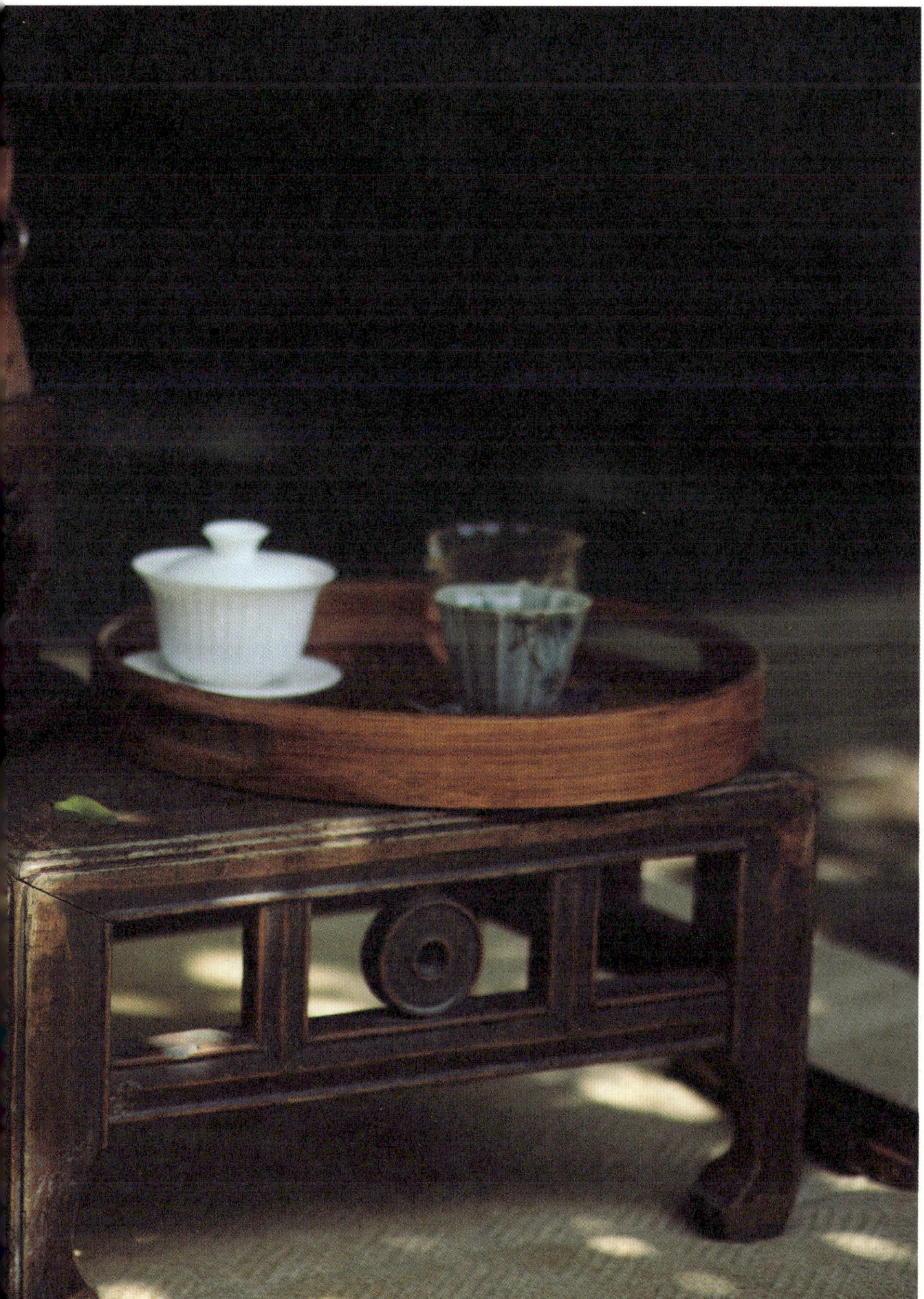

情断江南，梦忆伤

九曲回廊梦忆伤，
清清悠水远山望。
坐把浮茶看成桨，
原是江南水家乡。

对影轩·臆想

扶摇醉青灯，羲和抚筝艳。
酌酒解露浓，鹊迎溪边亭。
小窗照眉影，纤手着脂红。
竹帘婆娑映，可是情郎应？

又是一年谷雨时

青山缭绕溪水菲，
廊曲回转遇春坠。
扇亭巧盼对影徊，
帘下幽幽半心翠。
又是一年谷雨霏，
霜断寒转夏欲垂。
经年复始半生飞，
时如流水不复回。

无题·夜

茶色生香欲醉肠，
孤月闻酒遇浓浆。
聆听相思若无伤，
余音绕梁曲绵长。

作者注：边喝茶边煲汤，今天耳边时时响起评弹……或是许久未听，想念了……要找个时间煞念了。

清骨如你

萧萧清骨瓷肌珠,
一袭青衣储素露。
本是莲池仙池驻,
何为人间花一株。

穹窿小聚·同学会

春深谷雨醉芳菲，云雾缭绕山欲飞。
仙居轻舞心欲碎，青山竹翠同学会。
玩月山居茶香醉，海派清流旗语缀。
山居小住意欲回，卿系穹窿心未归。

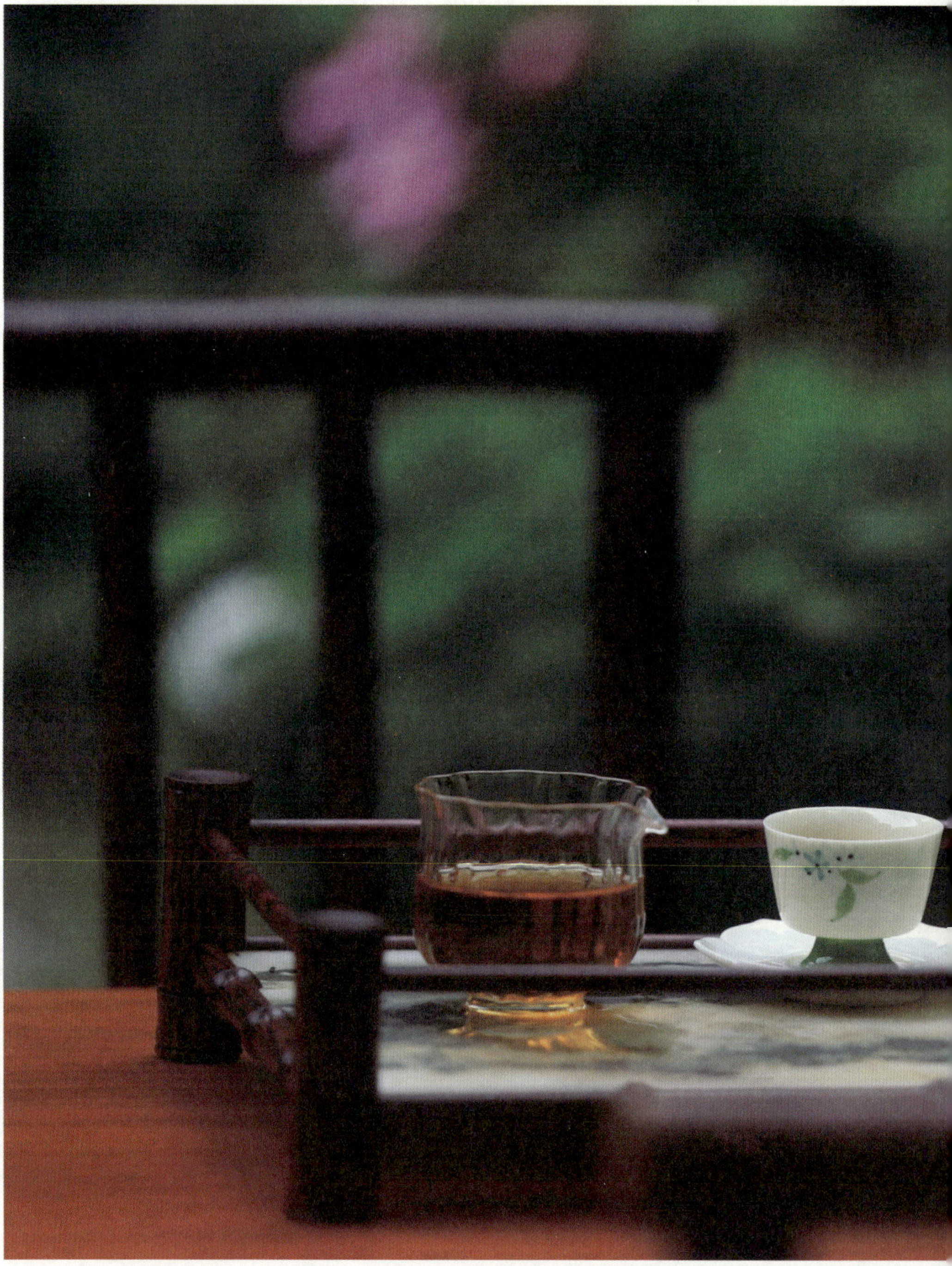

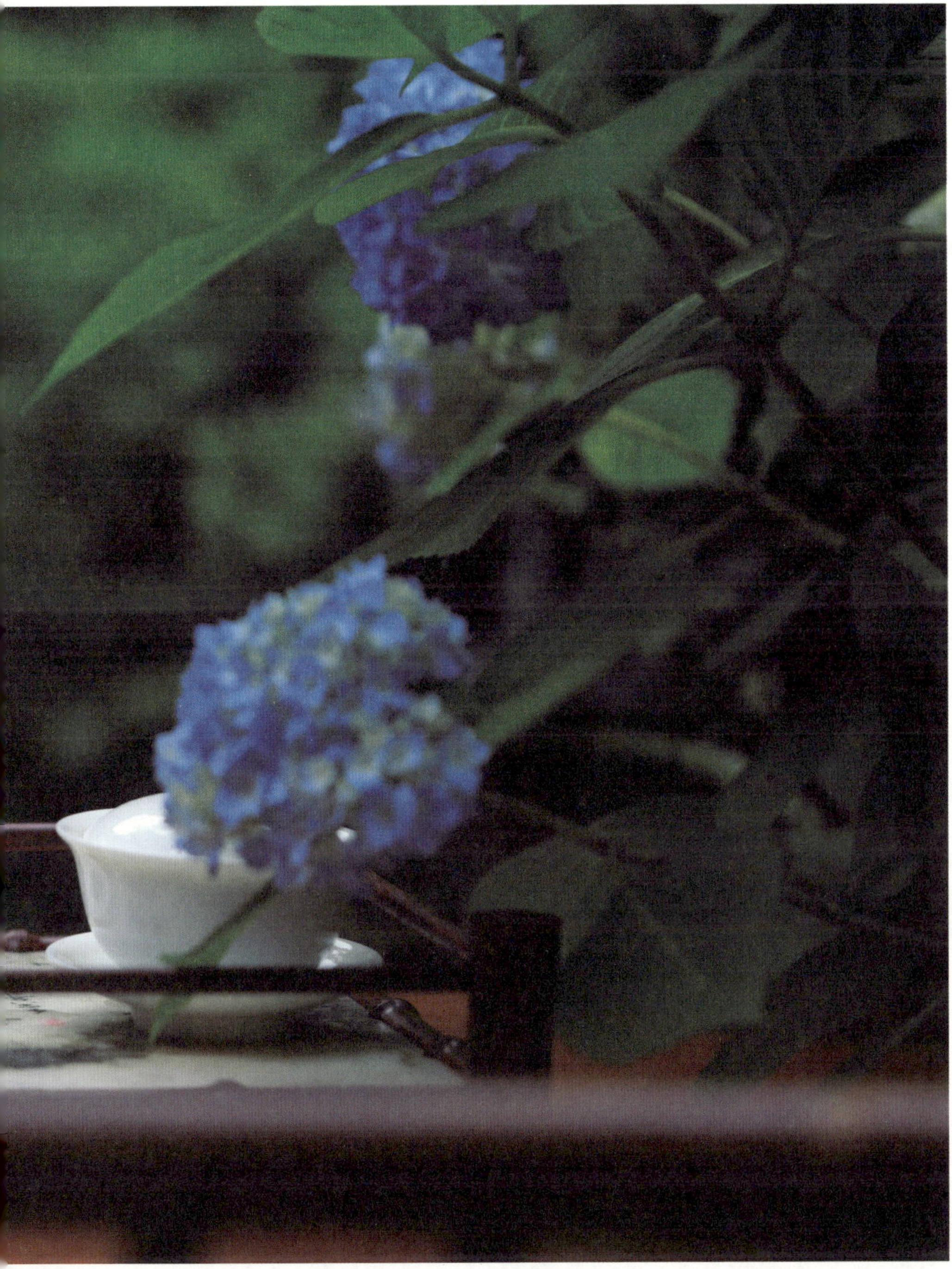

春的午后,我愿

春的午后,徜徉在绿野仙踪的尽头,
我愿抚尽这春的温柔……
我愿用这多彩的颜色,柔化你所有的忧愁,
我愿用这红酒般的热情,激发你春的念头,
我愿用含笑的香,抚平你的伤口,
我愿用一杯清茶,换你苦尽甘来的醇厚,
我愿用熟透的玉姑,让你尝遍世间繁华的甜酬……

喜见故友

青山小筑寂抚竹,
惊见淳哥故友顾。
十年再会叹虚无,
茶语余生易经处。

山居·五月观日出

东方破晓星月恒，
羲和羞日映春红。
登高小驻揽苏城，
玩月山居醉穹窿。

春末夏初·玩月山居

深春芳菲尽,燕归啄栗炊。
一宅一蔷薇,小院竹风吹。
松鼠迎客随,堂前笑语飞。
溪池锦鲤追,山居不舍归!

禅悟·劝君赋

龙腾虎啸卷珠帘,遍地小枝似修剪。
昨夜狂风又雨酣,劝君莫愁释心宽。
天怒人怨叹世间,放下执念修心禅。
人生一世不复演,莫道他人事事牵。
修行本是享人间,莫要多语他人烦。
夏虫若语冰相见,菩提明镜自高悬。
兼容吸纳俯仰观,事事如意自心安。
劝君惜福当下檀,来生不复亦不见。

第二篇

夏

啸风雳雨·山居

空山寂岭候，夜雨潇潇凑。
山居南风瘦，夏初浓荫透。
啸风又残昼，腹空唤醒愁。
听雨解思忧，滴滴滴心头。

似是月入怀

晓月拨缦帘，月影溅茶浅。
榻前解艳莲，似是半清欢。
竹映烛台前，独坐思花间。
细雨清幽闲，梦移天外天。

山居初夏

夏初落雨菲，卿卿燕燕垂。
小筑空山翠，花窗草木葳。
新竹串云飞，含笑羞羞回。
堂前品茗醉，臆是梦亦蜕。

初夏·如梦令

寄草筑铃送止飞,狸猫轻语溪独回。
昨夜梦扰尽竹挥,清风逐耳醉芳菲。

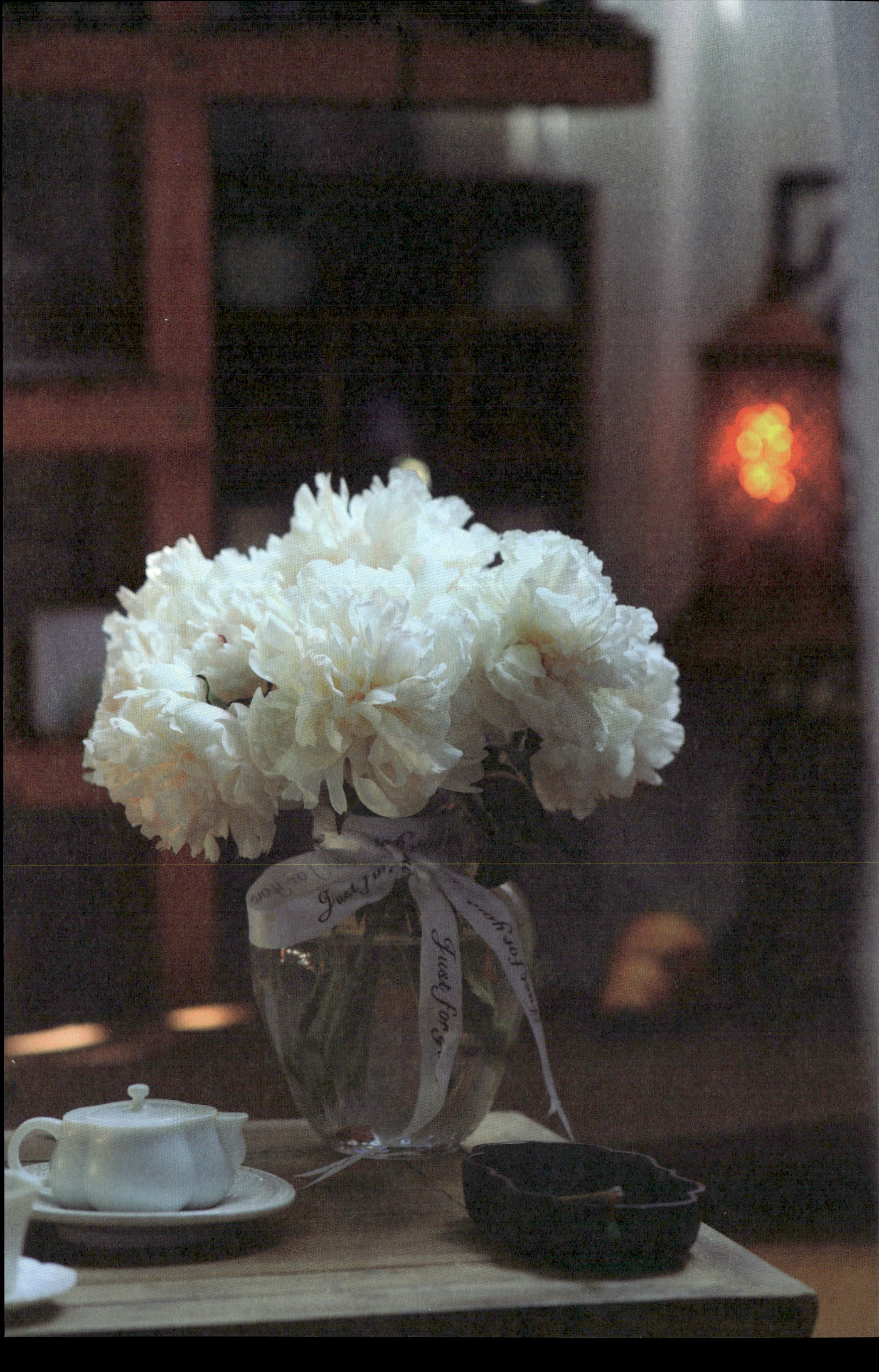
Just for

晨雨·夏

倚窗听雨落思稍，
案前浓香扑鼻嚼。
膝下小儿共度朝，
愿君求学皆所骁。

如夏·壬寅

筱暮青山隐自居，恋恋无词陌里絮。
一溪醉羌穹窿语，湾水悠悠山中逸。

一溪穹窿秘语

一溪亭御一夕渠,一凄烟雨一竹叙。
一叶扁舟一晴喜,悠悠浮水轻轻居。

知己何求·饮长街

空杯饮尽长街醉,聆山万点默长息。
无花无酒无许期,漠上独饮烬脊鞠。
鬓偕鬟白敬月溪,蹄印空空醒径踪。
晓夜清风满擎空,陌路终得陌上逢。

小满·雨

潇潇风雨漆青衣,
竹瓦弃篱止伤寂。
小满苔藓荷苗语,
磬石难书为何泣。

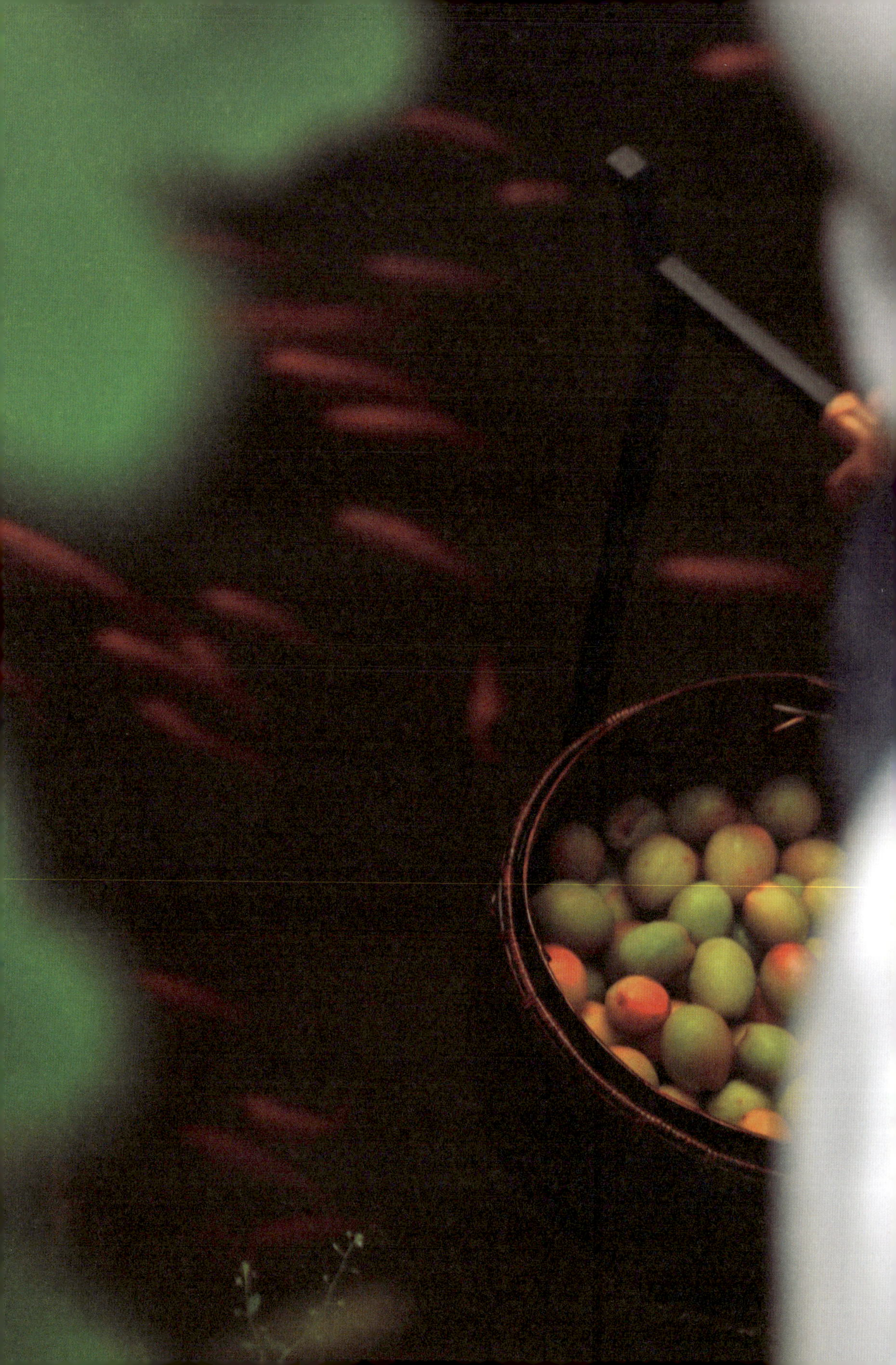

小满·壬寅

夏初春梦间，
思雨旧年闲。
只闻鱼笑浅，
不理世间烦。

山居·盛夏

姹紫嫣红褪色消，蝶恋花时，溪水山居笑。

白头翁叫松鼠绕，朗朗乾坤正念召。

山里山外两世筱，山里静如道。

莫言山外啸，芸芸众生皆自晓。

盛夏·山居

蝶舞靓艳花误初,流苏布衣池边逐。
残荷映叶幽幽注,翠竹叩门轻雨处。
白茶小醉山居驻,清风微拂罗裙珠。
低眉浅笑露羽簌,空山寄语福倍出。

感恩·7.4

一溪亭下一溪渠，一席长椅莫期许。
一生平安顺遂逾，一世无悔入尘兮。
不争繁花锦簇栖，宁愿余生孤者寄。
上善若水低入渠，无为无我山中许。

明号夜半闲·榻上赋

浅寐辗转小暑前,月半无眠夜半弦。
号伴小儿梦纸鸢,唯愿此生莫空弹。

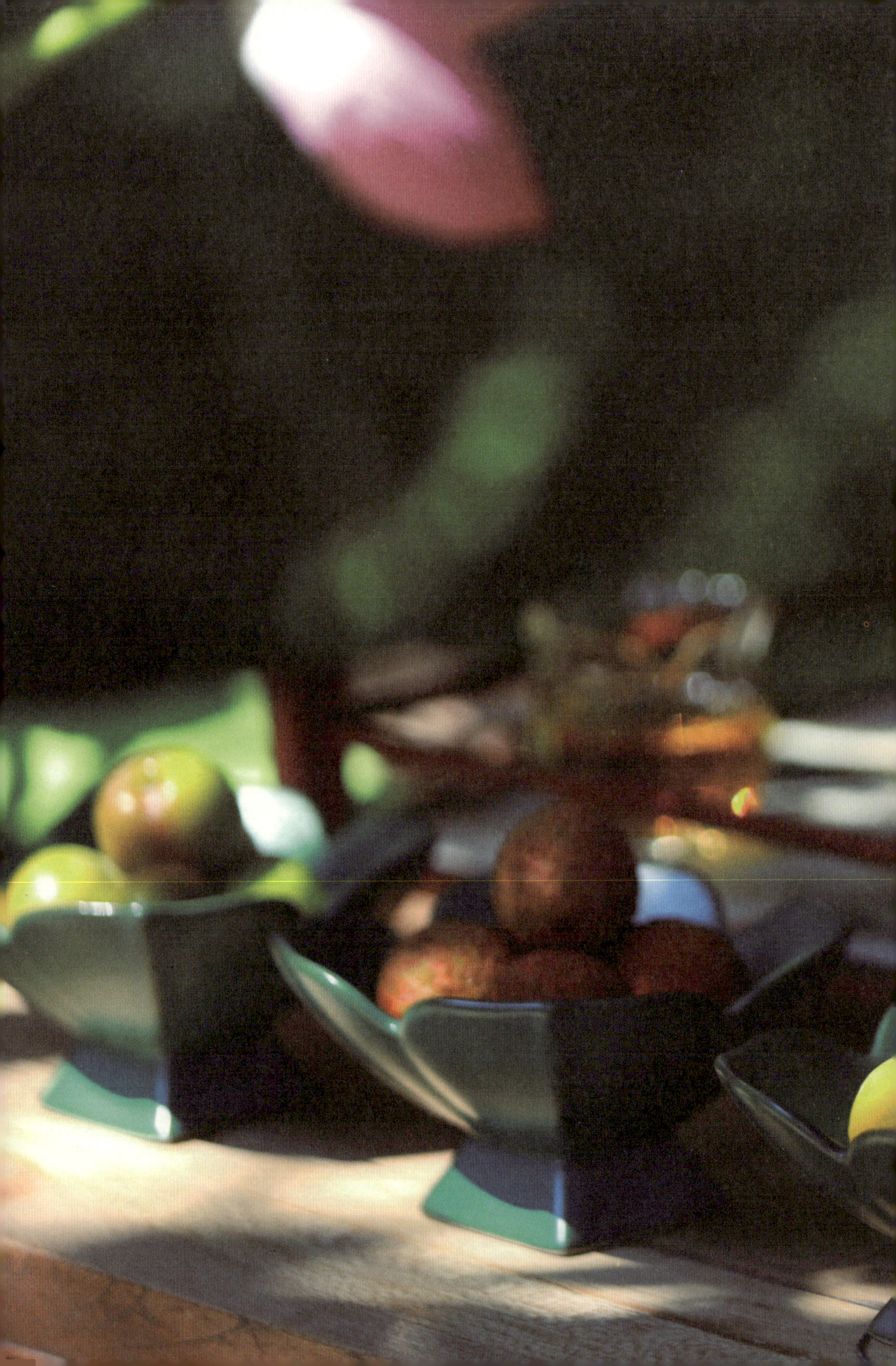

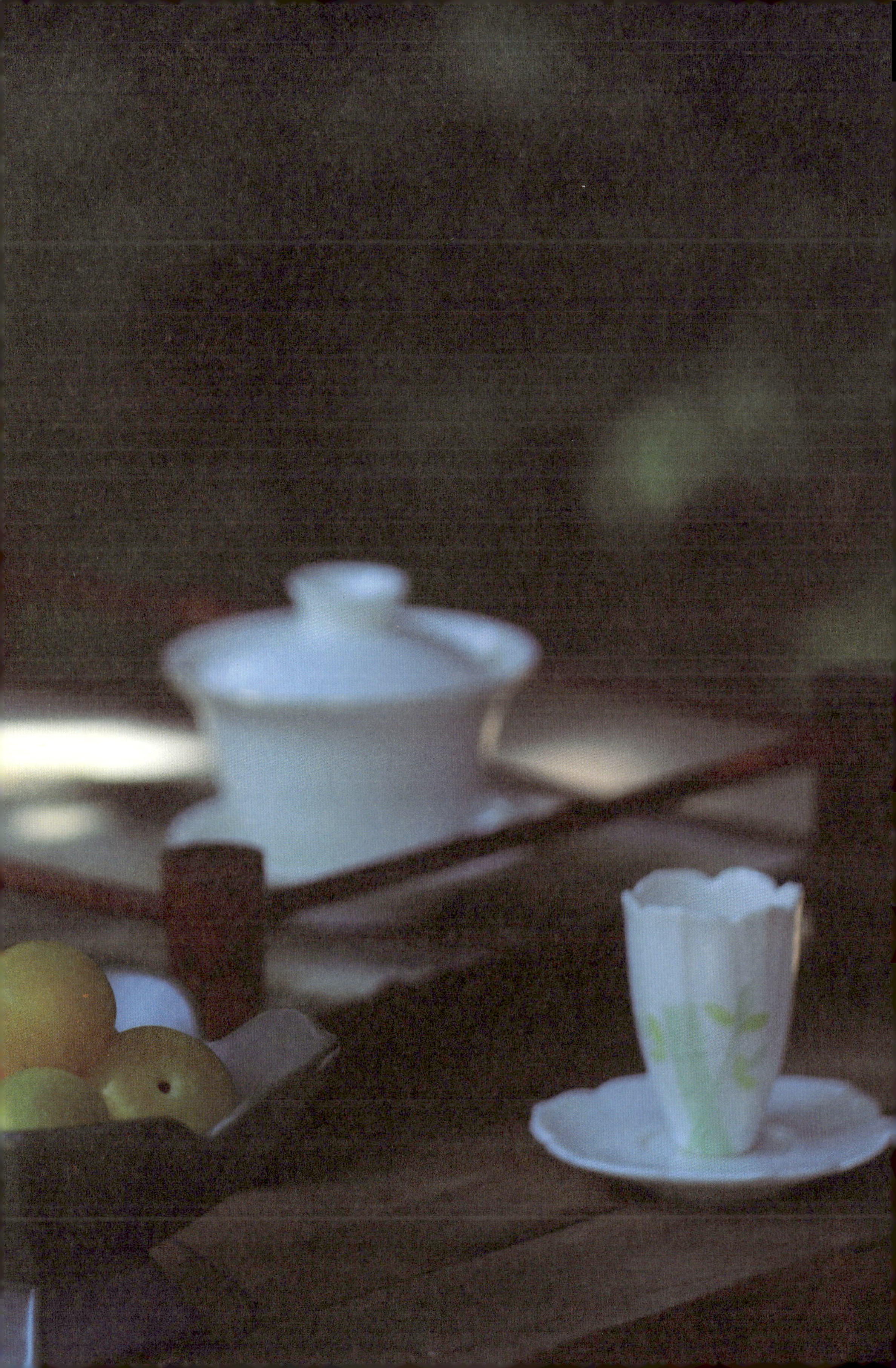

又逢小暑·山居赋

寒来暑往年复年，雏菊语荷竹映田。
巧云望湖思旧浅，悠悠溪水枕舟前。

玩月·山居

晓月揽竹苔，磬岭纸上揣。
陌上春秋在，幽深玩月台。

山里人家山外弦

山外龙腾虎啸斩，夹岸枝落树根弹。
巨浪漫路过云天，山里小枝细雨绵。

思夏语春归

夏以集北山居乡,丛中林侬采摘桑。
拂尘掠花季飞漾,杯酒难诗此沁香。
抬眉浸箫叹远方,低吟浅唱享即尝。
罗裙难挡山蚊降,伊人羞怯添衣裳。

大暑山居逐·壬寅

百城火炉大暑煮,沥雨梅溪莫期蹐。
山仲小径清净数,无悲无喜亦无簌。
等闲不识遥纸祝,莫闻山水出何处。
仙人指路贤者驻,江水习习桨上书。

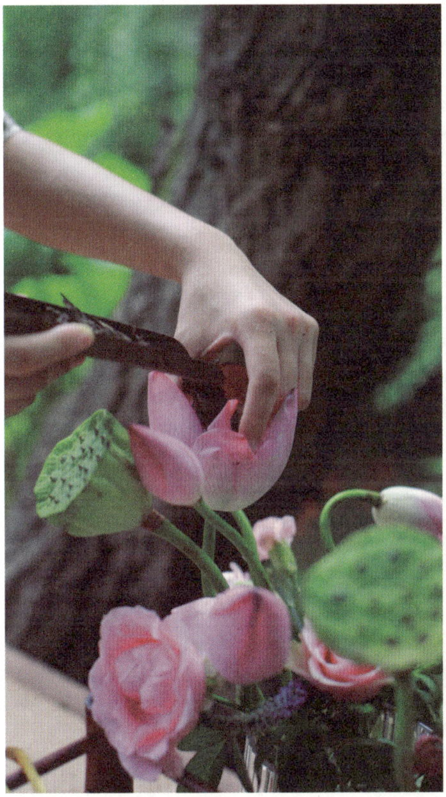

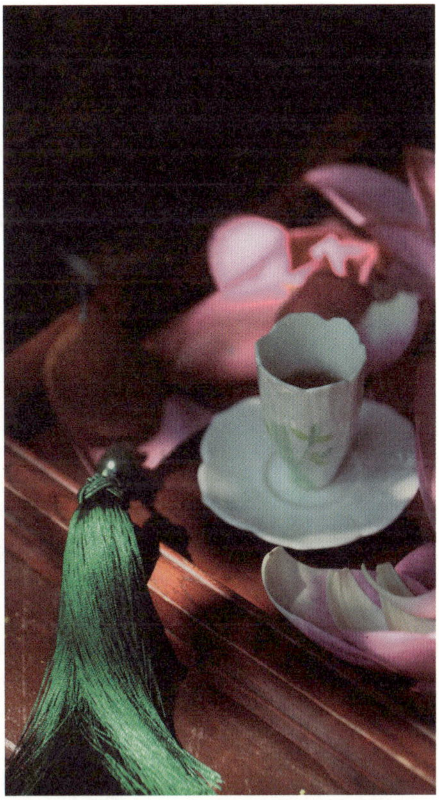

醉酒赋·今夕何夕

卿今如梦令，聆听似雨倾。
却又且惜行，月夜不知星。
酒醉艳乐兴，何故欲辛心。
待到羲和醒，或是啼笑惊。

晨跑独墅湖

微风轻拂墅湖波，
昨夜沉睡未尽课。
小步轻快待羲和，
尽享红尘今生客。

晨·独墅湖

鹊起枝头叫，
墅湖阴云翘。
南风易改东风焦，
天地之间心存涛。
陌上眉梢，知乎道道道……
圣人训教，聆听召召！

祈语羲和绕日

瑶池仙境墅湖里,羲和羞语惹云际。
未知人间或仙屿,唯有罗裙配宽衣。
寄予仙湖一线兮,愿有双鹭共飞趣。
携手同修与天齐,世间无风也无雨。

明月照苏城

吴中之巅抚青筝,
明月微风世事倾。
半边湖水半苏城,
半边清修半霓虹。

浓荫蔽日玩月台

鸠鹊嬉笑玩月台,
茉莉不语只盛开。
浓荫蔽日隐竹寨,
幽幽清香阵阵来。

山居·将军府

南风微拂绿波箫，
姹紫嫣红对影笑。
青山翠竹抚眉梢，
半醉半醒半山腰。

何当共剪西窗烛

洒雨轻斜醉芳菲，
萧墙聆听花窗挥。
烛泪无人共剪沸，
任凭蜡花落成堆。

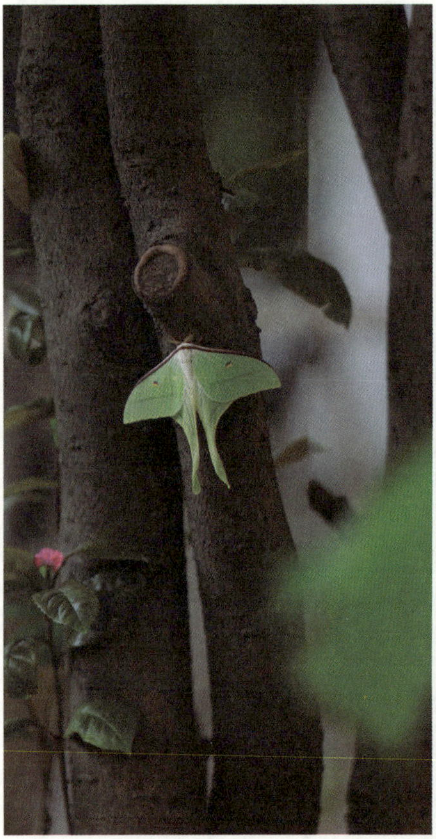
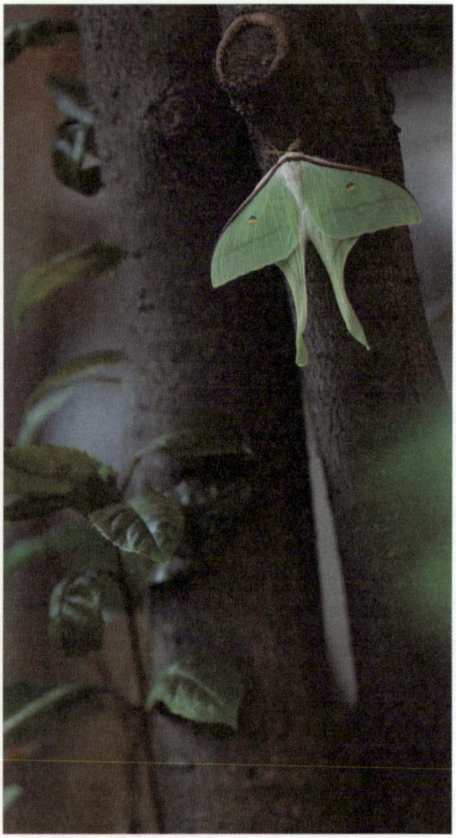

夜雨寄北·玩月山居

滴滴夜逾未尽祈,
声声欲起慰沁兮。
青青寂岭颂泣积,
池溪雨细倾恕袭。

山居·茶醉半世憨

清泉涓涓倦鸟归,小院青葱翠鹏回。
芳草萋萋锦鲤栖,茶语花间醉山居。

一枕难书

南风微拂窗前景,细竹难抚佳人心。
喜鹊单飞恐寝贻,深夜入睡孤枕寝。
晨露筱雨无人听,喜忧自伴独书情。
醉舞江南只自省,可有良君伴余生?

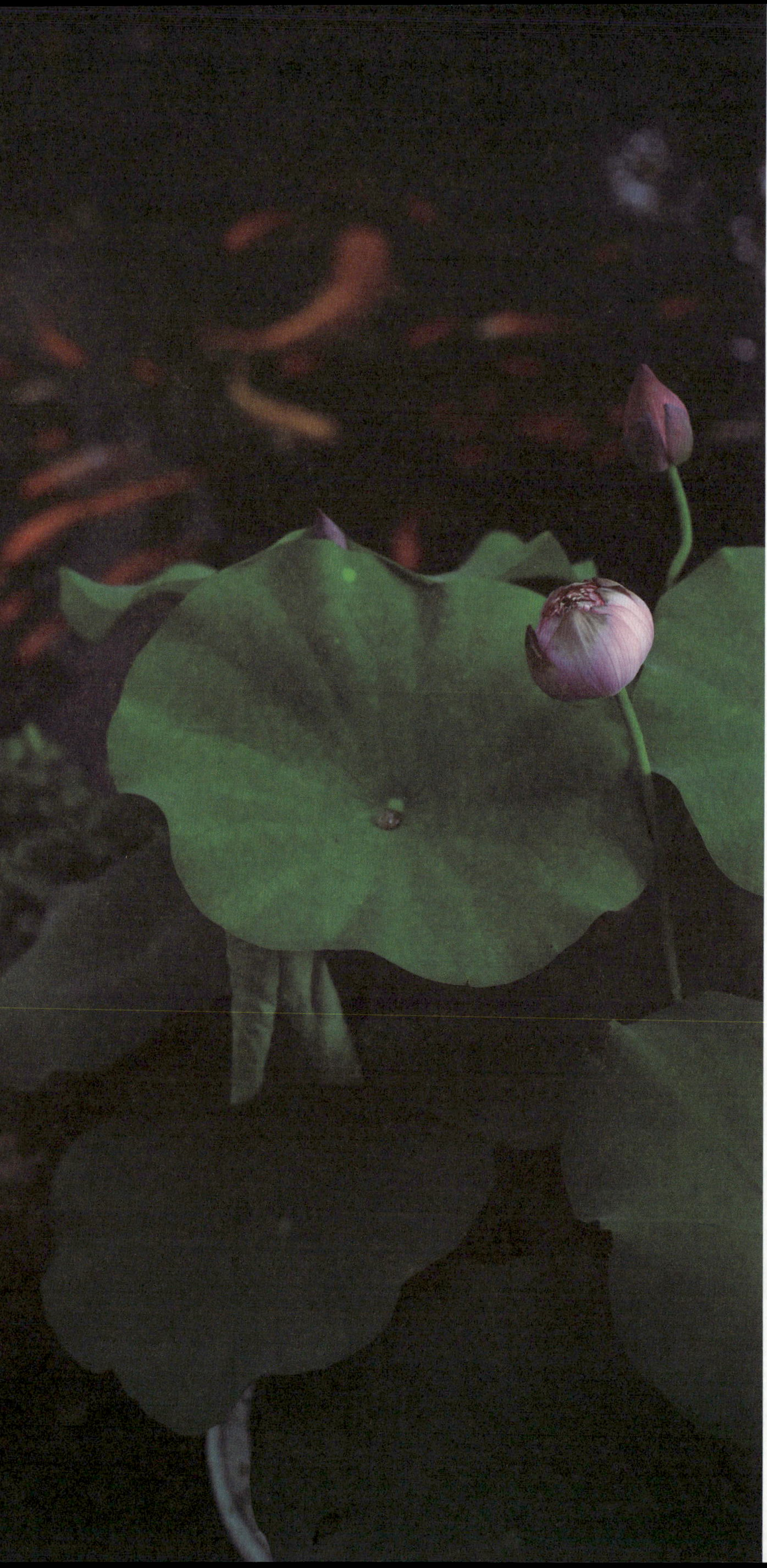

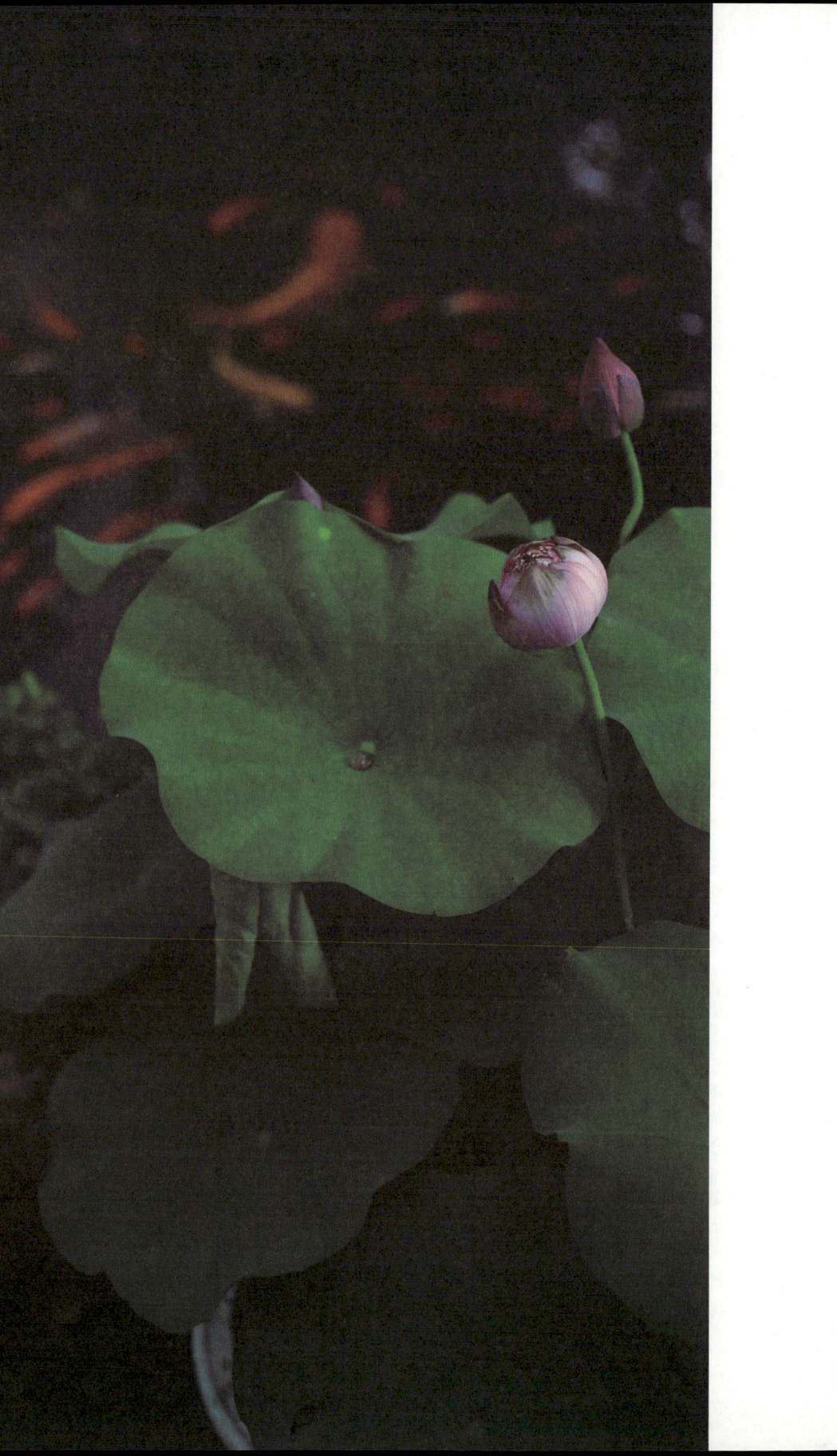

山居·听雨

阴雨亦语却还羞,
倾落不尽竹弯求。
荷塘映月解春秋,
未有签来纸上修。

纳兰性德·语容若

昨夜小思又沉睡，梦里不知身何为。
只听医官提升位，晨思纳兰容若垂。
车马木足山间回，重重峦叠倾世追。
梦一回、醒一回，生生愿与磬石归。

夜步独墅湖

微风晓月拨心弦,
镜湖映月月撩仙。
楚波汉月一湖间,
柳拂风月箸眉纤。

山居·玩月台

荷塘清水梦朱红，幽幽泣洒池边浓。
绮兮不语四时同，阅尽江南山居中。

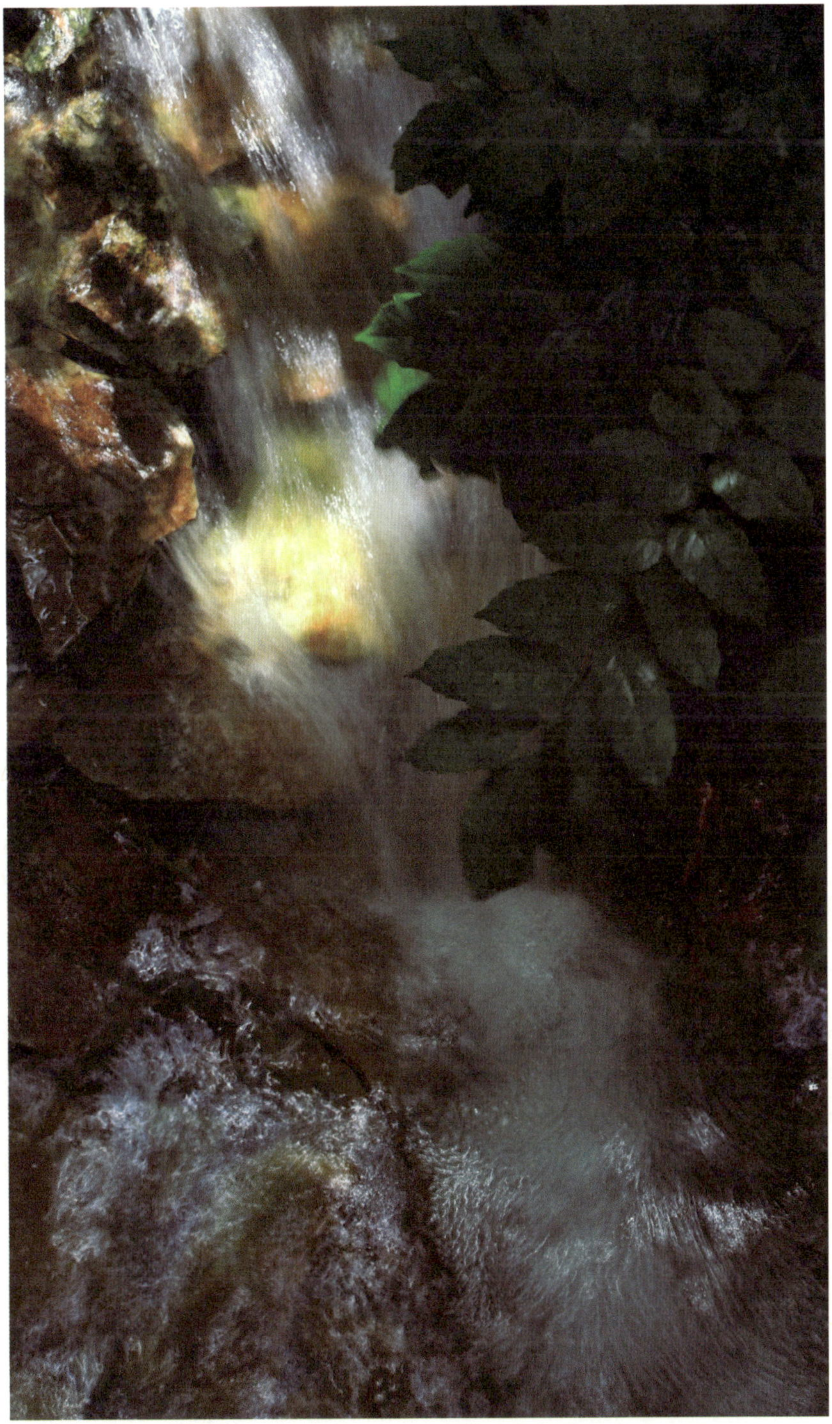

晨安·独墅湖晨曦

羲和晓月宇宙间,能量磁场共振连。
落到人间六月天,善待万物天地宽!
霞光不分善恶缘,语世同堂皆可沾。
心若向阳心自连,无人过问喜自添。

山居·高山流水

仙山翠竹荷映月，鹧芷兰溪草木微。
对影轩下品桃肥，狸花抚眉鱼皆醉。

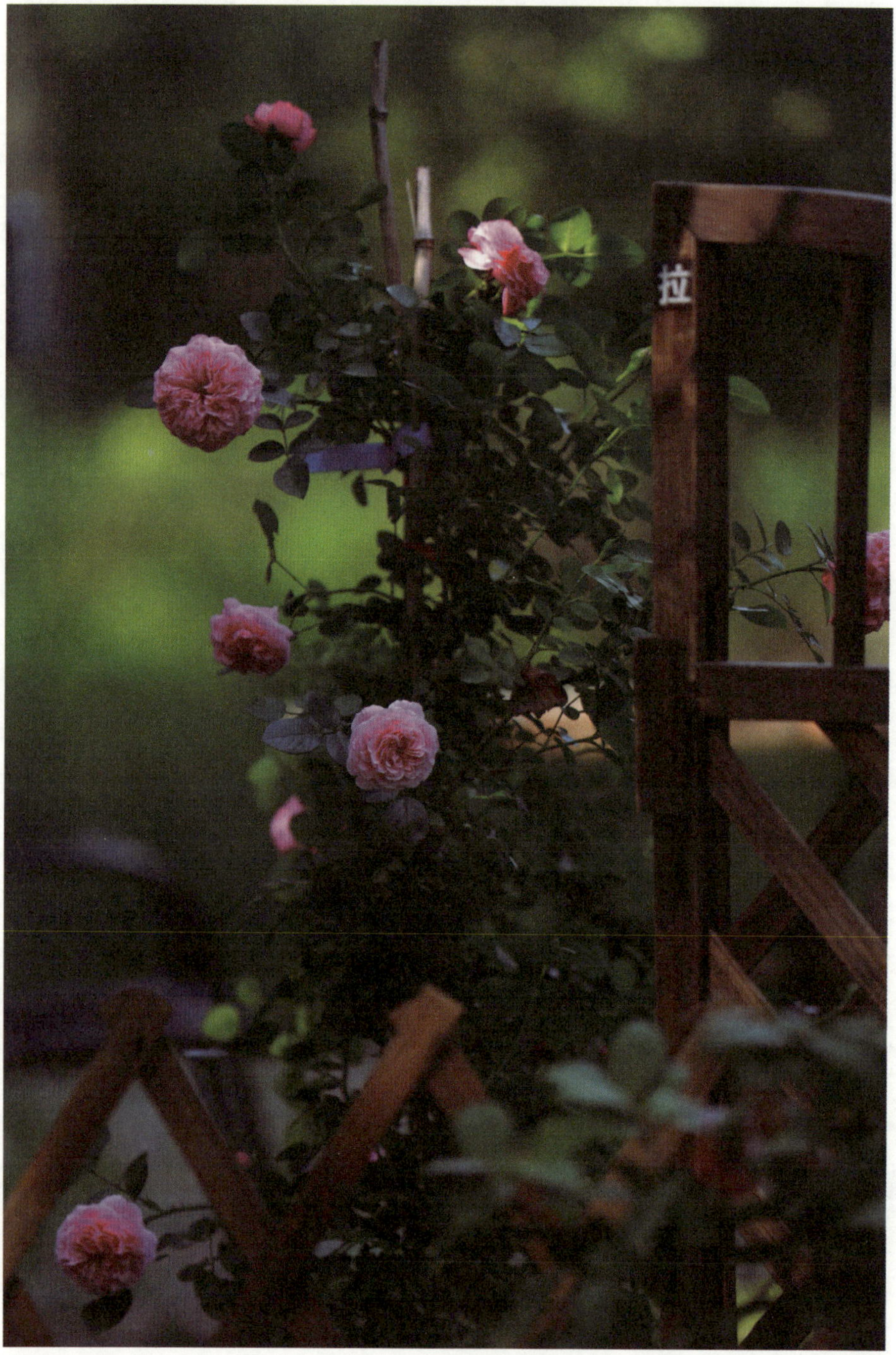
拉

梦亦似真

麒龙斯语欲思开，枕香臆语揽入怀。
卿与佳人梦中会，可是请君入梦来？

梅雨潇潇风兮

潇潇风兮越雨集,廊曲花起百步袭。
山居亭聚鱼戏狸,扶摇惊起罗裙嬉。
婵娟怯羞抚裙系,公子折扇欲遮嘻。
筱蝶骤雨狂风沥,双双戏亭怯避急。

如梦肆零·刚刚开始

清修翠竹四十节，一节一叶半生阶。
阶因善念阶阶越，幸得艰辛幸皆悦。
柴米油盐谋生业，梦里月下觅爱携。
诗中文里谋心洁，仙界舞乐行者皆。
吾自天地一竹榭，雨露润过节生阶。
世间终有爱竹人，惜竹护叶偏爱婕。

愿

清晨与日暮，愿你心不孤……
愿你在朝阳中寻找快乐，
在星辰间揽幸福入眠……
愿你在朝霞里有问，
在夕阳下找到答案……
愿你在青山间遇到良缘，
愿你在绿水中长流……
愿你有纤手可执，
愿你与灵魂伴侣偕老！

将军府·玩月山居

流云晓月古树旁，
山居韩府木屋堂。
戏台百花荷中央，
清茶饮醉青苔上。

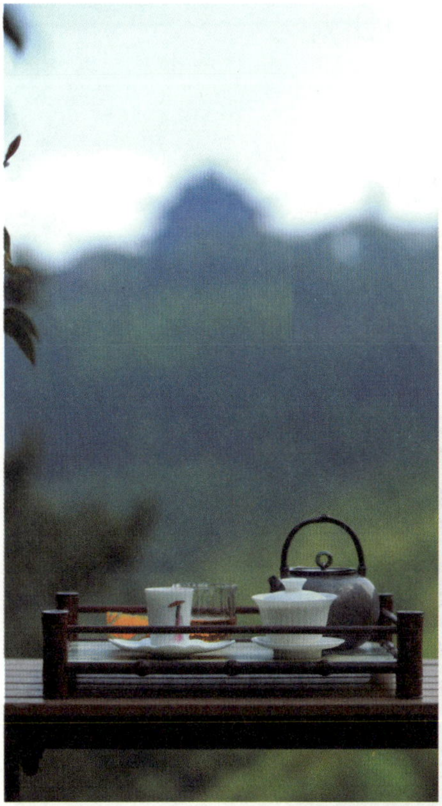
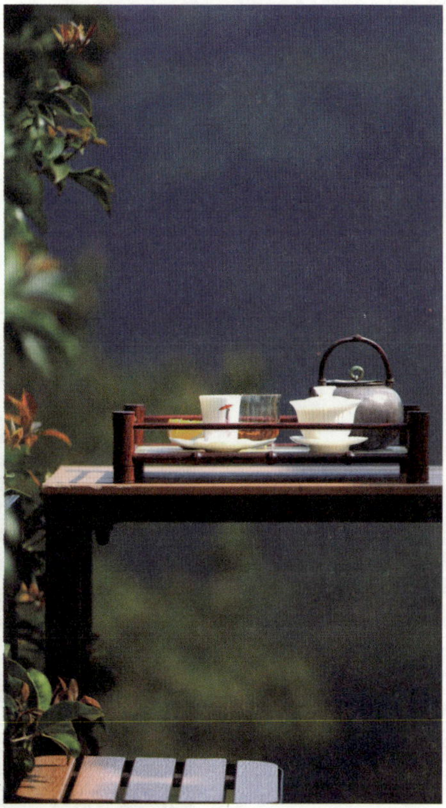

避暑·玩月山居

青山隐竹碧叶箫,一隅龙脉锦栖韬。
将军府邸玩月皓,筱荷残叶惹鱼矫。
晓风醉把细竹撩,佳人抚裙待君邀。
小山眉钿花窗醉,羲和日落无人晓。

山海经·归墟·帕劳

东极归墟昆仑西,东海外海大壑奇。
银河海洋入归墟,马里亚纳海水聚!

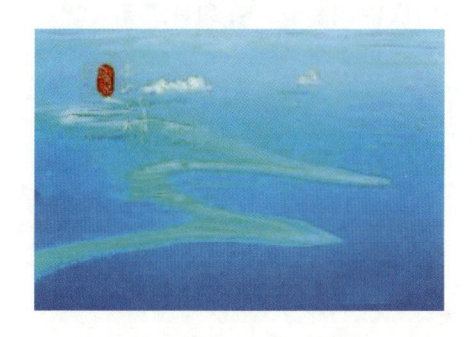

作者注:《山海经》中记载东海之外大壑——少昊之国(传说中的万物所归的归墟)就是世界万物包括宇宙银河的水系尽归归墟,即"八弦九野之水、天汉之流莫不注之!"帕劳、塞班、宋宋岛刚好处于马里亚纳海沟,而帕劳刚好是所有台风始发地,近年来科学家一直在搜索马里亚纳海沟吞噬海水的证据,也不断验证《山海经》中的种种神话。

第三篇

秋

月色的温柔只有水知道

清晨，蜷曲在被窝里，伴着一丝凉意渐渐醒来，
无意识的感觉……是入秋了啊！
这丝绵的被套已经无法满足秋凉的需求了，
想起昨夜温柔的月色，时羞时现地洒在水面上，
月光随着波纹有节奏得好似入了心……
思绪也是不自主地飘向远方，
飘向那璀璨夜景的地方……
我知道那是家的方向，
然而夜色阑珊下却带着一丝凉意……
这凉意不知是否含有些许不友好的成分，
或许暖只存在于擦肩而过的一丝丝不真实的路过。

眼前的月色被湖水温柔地呵护着，
我一直奋力地朝向月光的方向游……
仿佛离得越近就越能感受湖水呵护月光的温柔，
却忘记了月在天上，那分明也是我心中的温柔……

　　　　只是这浪漫的场景揉碎了现实，
　　忘却了这匆匆的人间，是有数不尽的温暖……
　　可是我却总不自主地抽离这真实存在的温暖。
　　总是置身世外，知道这不自主的抽离有多可恶，
　　　　我却也无能为力回归，是怎么了？
　　　　为何我总是在第三世界游离？

　　　　半躺在桨板上，看着漫天星辰，
很浪漫、很广阔，也很抽离………这，似乎是我抓不住的，
　　　　　　然而又真实存在……
于是放松下手里的桨，任凭风的方向，把我带向远方……

紫檀香插

紫檀香沁青石壁，
香插檀心和田玉。
时鹤时凤美人鱼，
少女微叹舞者熄。

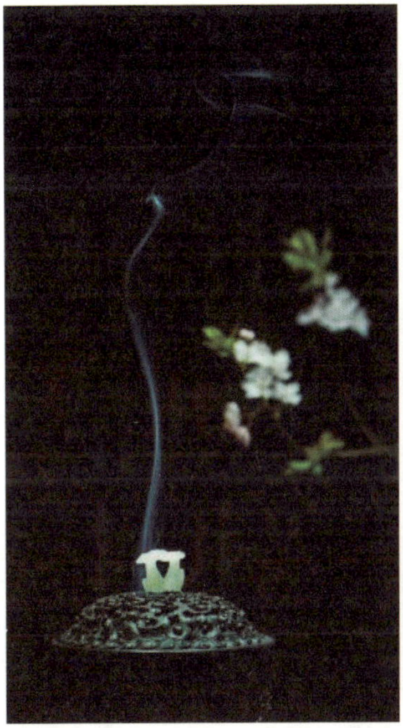

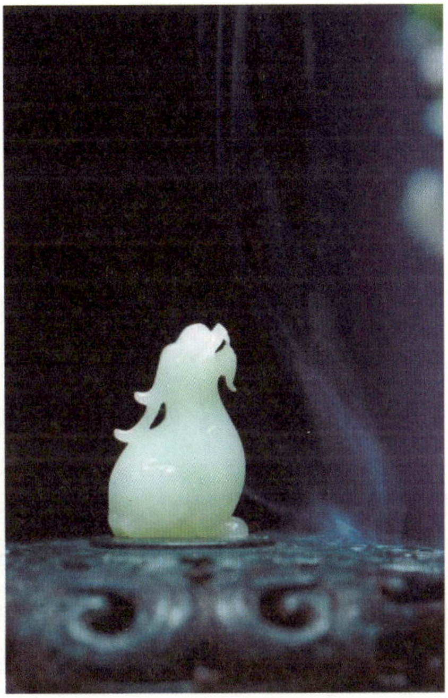

我　愿

我愿这个世界充满炙热，
充满激情与张力……
我愿，愿这个世界充满友善和爱！
我愿，愿这世界充满信任和关怀……
我愿，愿这个世界上每一个人都内心富足、充满活力……
我愿，愿你我都拥有爱的能力和勇气……
我愿，愿这个世界大同而无我、无我执……
愿我们都平安健康快乐，每一个心灵都有处安放。

情　劫

青丝易语白发难，将相倾心于驾贤。
千古佳话情缘浅，欲留佳人伴案前。
且有今生玩月仙，不知寻遇不知倦。
感恩波折情漫漫，守得云开月明见。

华盖本无储·生来语世孤

华盖入命初,飞曳子酩烛。
生宇宙间雏,莫语孤与独。

聆听·平江

平江评弹痴,温醉不知时。
杯盏语茶迟,归处复去识。

作者注:从第一次听到昆曲、评弹便无法自拔地成为"昆虫"、评弹痴。某日,在平江路,与聆听社的社长边品茶边聊评弹,沉醉其中忘记已到了评弹社打烊的时间,然而巧合的是于归途中再次碰到了社长,很是意外又惊喜!

自 嘲

天上人间客,市井穿堂过。
少年大志者,深谈功名阔。
夏虫语冰酌,醉把诗舞歌。
酒醒悦生活,方知岁蹉跎。

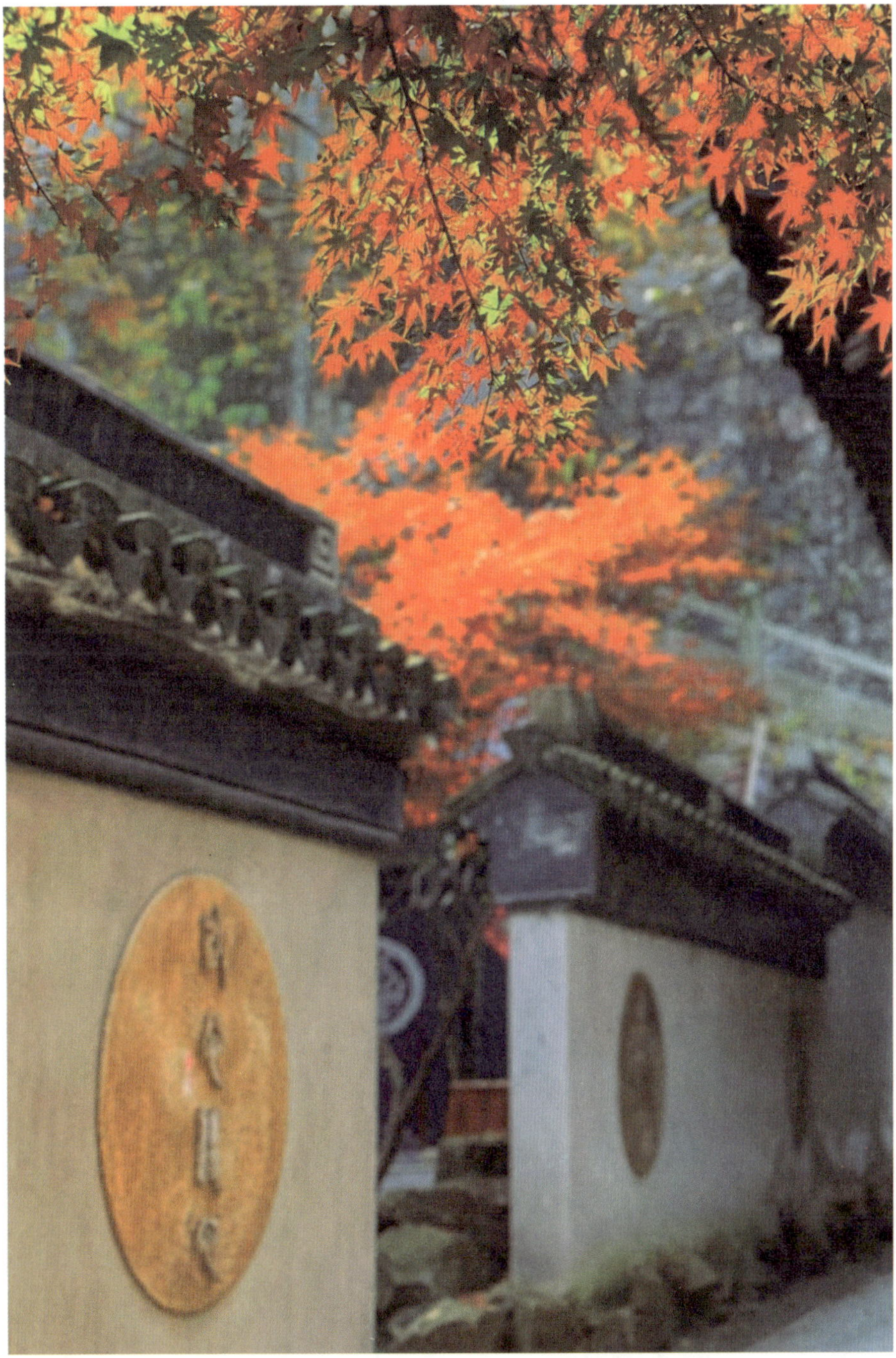

玩月台赋

茶一盏,灯一盏,身处穹窿玩月栈。

窗一扇,竹一山,星月银河对枕眠。

梦一幕,夜一暮,此时相思无安处。

前有熙,后有龙,天地之间有穹窿。

作者注:一盏茶,一盏灯,一扇窗,一片竹,半躺在穹窿山玩月山居(半月阁)榻上,望着星空银河,看着对面的龙脉,感恩遇见这里。这里曾经是康熙、乾隆来过6次的地方,只是在这穹窿胜迹,相思却无处安放!

困梦·挟己

扶摇潇潇携雨驰,孤望江去泪倾迟。
歇凉颤颤冰里痴,无酒醉饮光易逝。
昨夜幽梦僵遍世,哪得清者哪得知。
筑境有时亦无时,可有东篱做明示。

蕲王归隐·玩月山居

石卧穹窿聚古稀，忧柔猎趋史上弥。

边陲扶摇南宋起，将军汗洒梁红玉。

烛泪剪影求

夜饮东坡酒，飞缦渡横秋。
几度离别愁，独醉到徽州。
落花树未留，倚案听粉瘦。
风轻尚无求，只影片刻休。

仙境穹窿·玩月山居

瑶池帘外薄云雾，穹窿腰间裙带舞。
何人何时修来福，静修山居境修初。

天涯很远，生活很近

生无含笑香，
心有清伶嶂。
晨露润苔怅，
狸奴酣睡享。

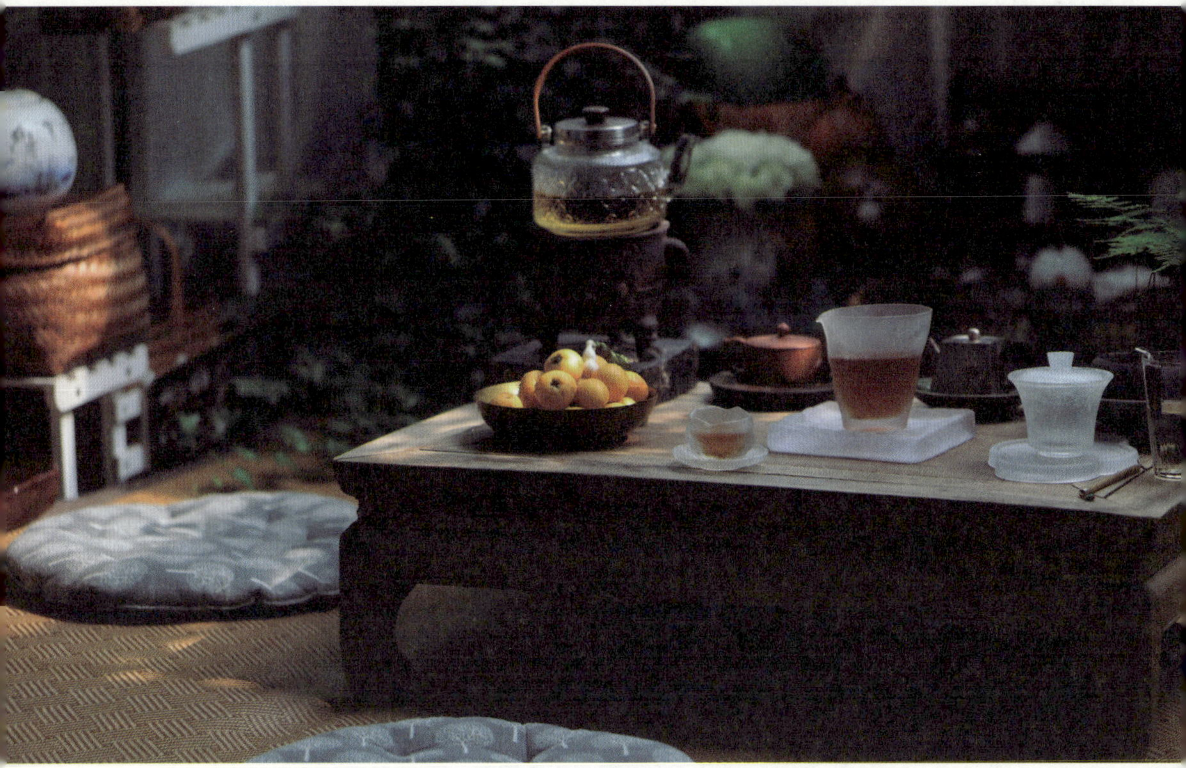

青梅烹小杏，梨花醉饮谁？

秋风误饮青梅酒，
迟杏久慕欲下头。
穿窿归隐忘汴州，
榻上清茶送纸休。

空山新雨后

仙山云雾绕，细雨如丝飘。
着露青石樵，鹊鸟缠绵箫。
昆仑虚论道，穹窿得此召。
空岭寄栖筱，榻前揽星耀。

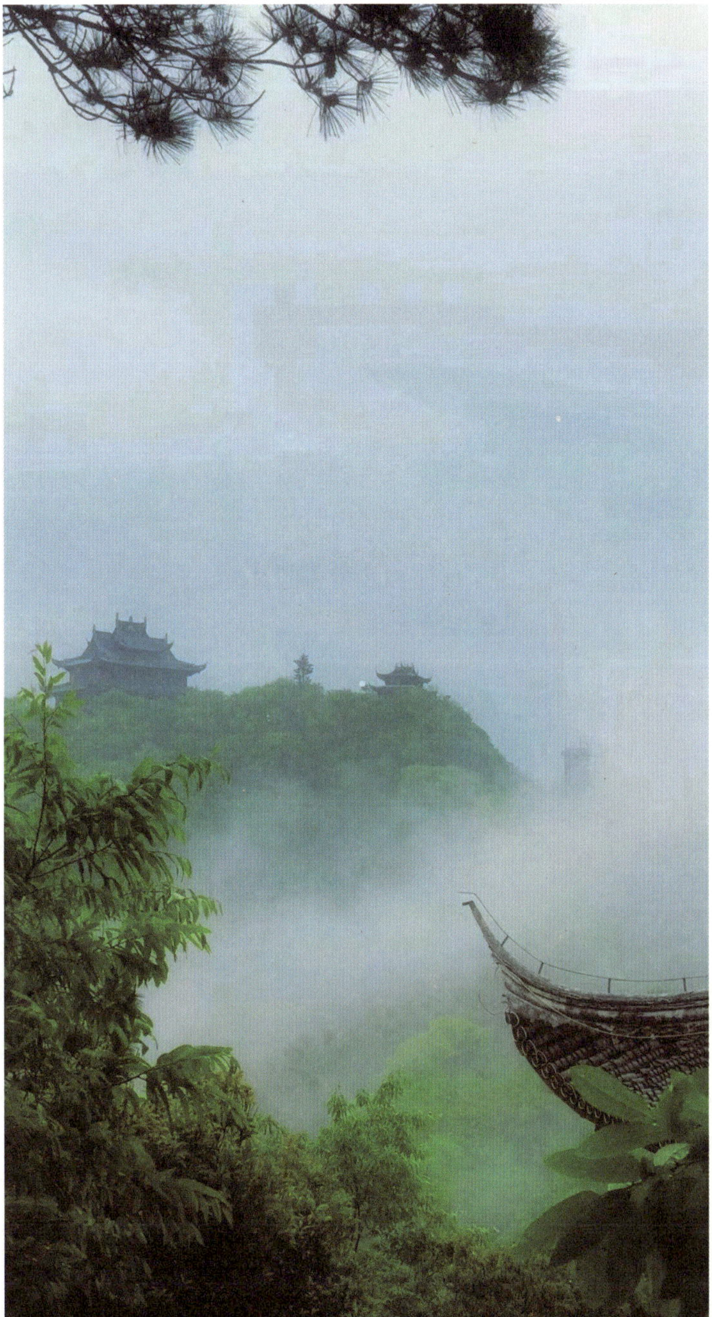

一醉锁清秋

硬骨凌霄御踏前,
树影疏疏山野怜。
清荷翼忘举案间,
眉恋蝶舞笆上牵。

玩月山居·癸卯中秋

晨曦风雨集，秋月落枝栖。
穹窿仙境已，竹影筑长依。
织女月阙翼，飞梦牛郎憩。
沾尽桂花羽，鹅遇一溪渠。

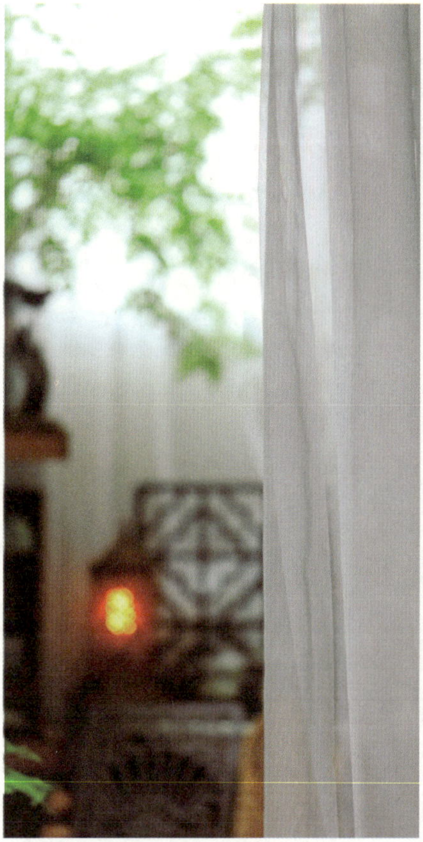

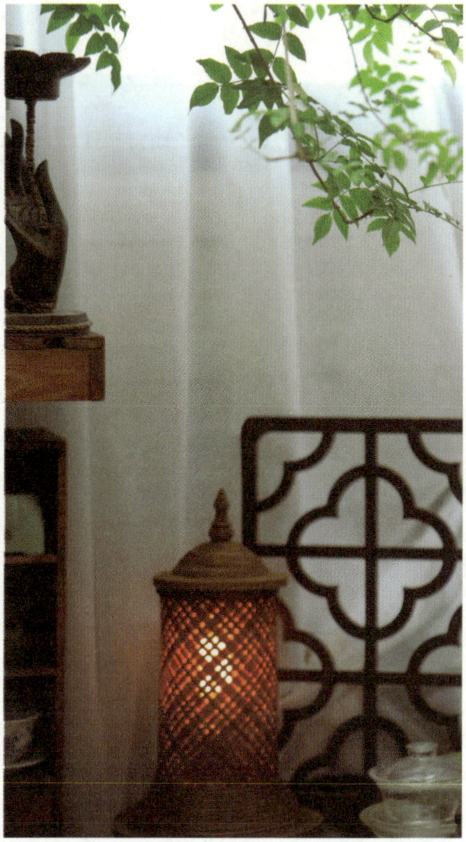

醉饮孤舟·山居

浅暮拨竹帘,翠竹叩门牵。
乐鸣不觉深,杯杯诉夜闲。

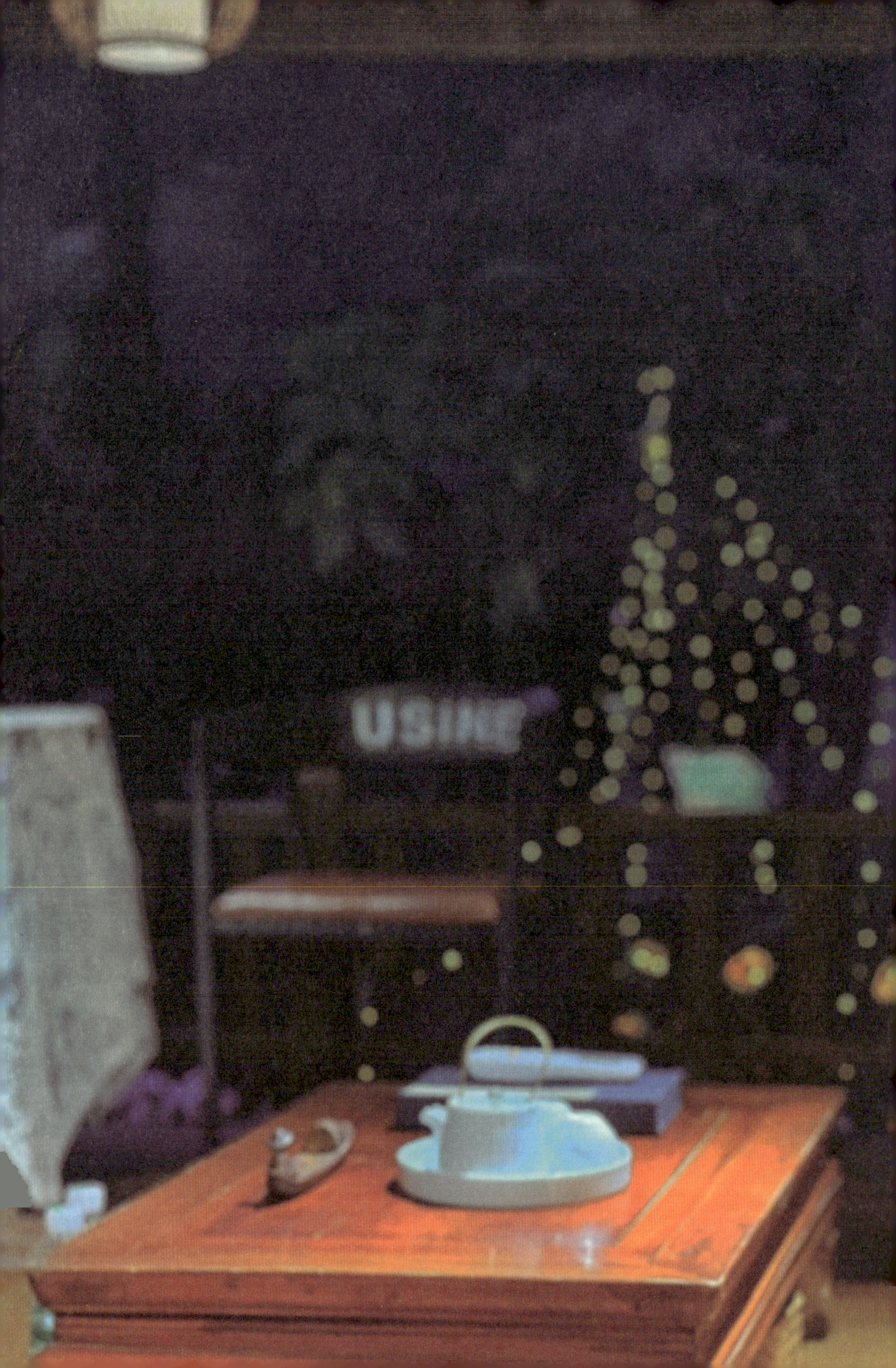
USINE

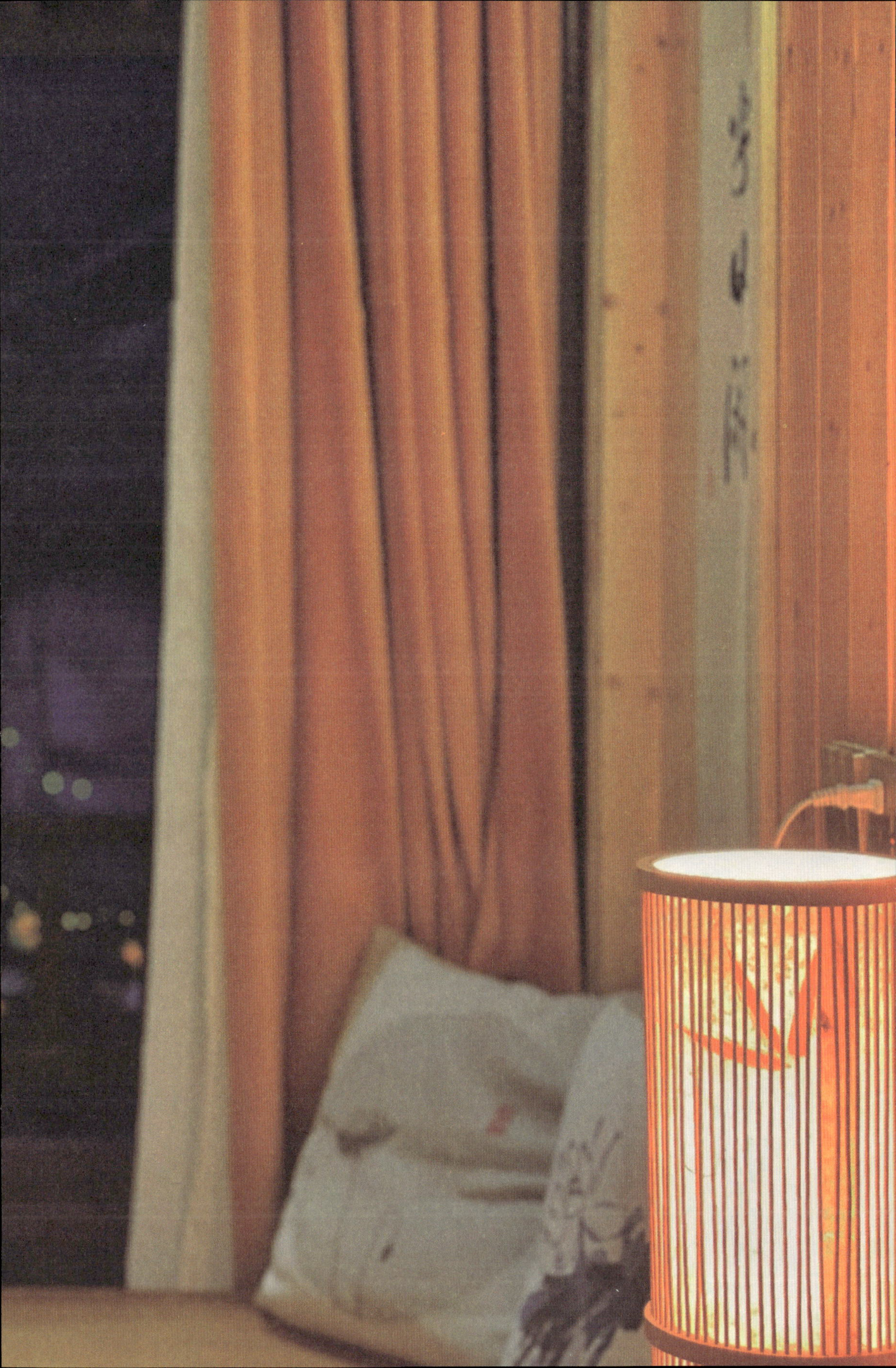

仙山仙人仙雾绕·穹窿小聚

暴雨惊雷云雾绕，雨滴如瀑飞月涛。
仙山亭台楼阁远，才子佳人诗文妙。
河豚江鲜纤手烹，赤水河畔美酒舀。
山泉烹茶叶罩罩，齐聚穹窿玩月巢。

无 题

一夜梦中梦复行，
清江悠水幽思星。
忽闻窗外百鸟鸣，
原是鹊儿催梦醒。

悦姑苏·半月阁

山月阅苏城,苏城半月明。
月明映山城,山城月穹窿。

第四篇

冬

初雪·随笔

晨曦初雪遍江南，冰竹腊梅枝压弯。
枫树百草银装款，孩童雪中笑逐颜。

作者注：苏州人对雪的执念或许是其他任何地方无法想象的，或许是园林遇见雪便有了别样的美，或许是太湖遇见了雪犹如画龙点睛……

总之，每一年的冬，等雪都是苏州人最热的话题。

立冬·辛丑

寒来暑往冬又至，

车轮浮起落叶飞……

冬，又一年。

时光匆匆，不忆往昔，

不念得失，只期许未来。

生命的觉，是宇宙观能量感知的始，

轮回千百，不过是时间与空间的交错。

没有好坏，亦无对错，

有的只是感恩遇见。

新的一天，愿你所遇皆美好。

立冬·夜读

啸风沥雨冬已至，榻前煮食倚案肢。
梦梅丽娘书香痴，良宵自有春秋事。

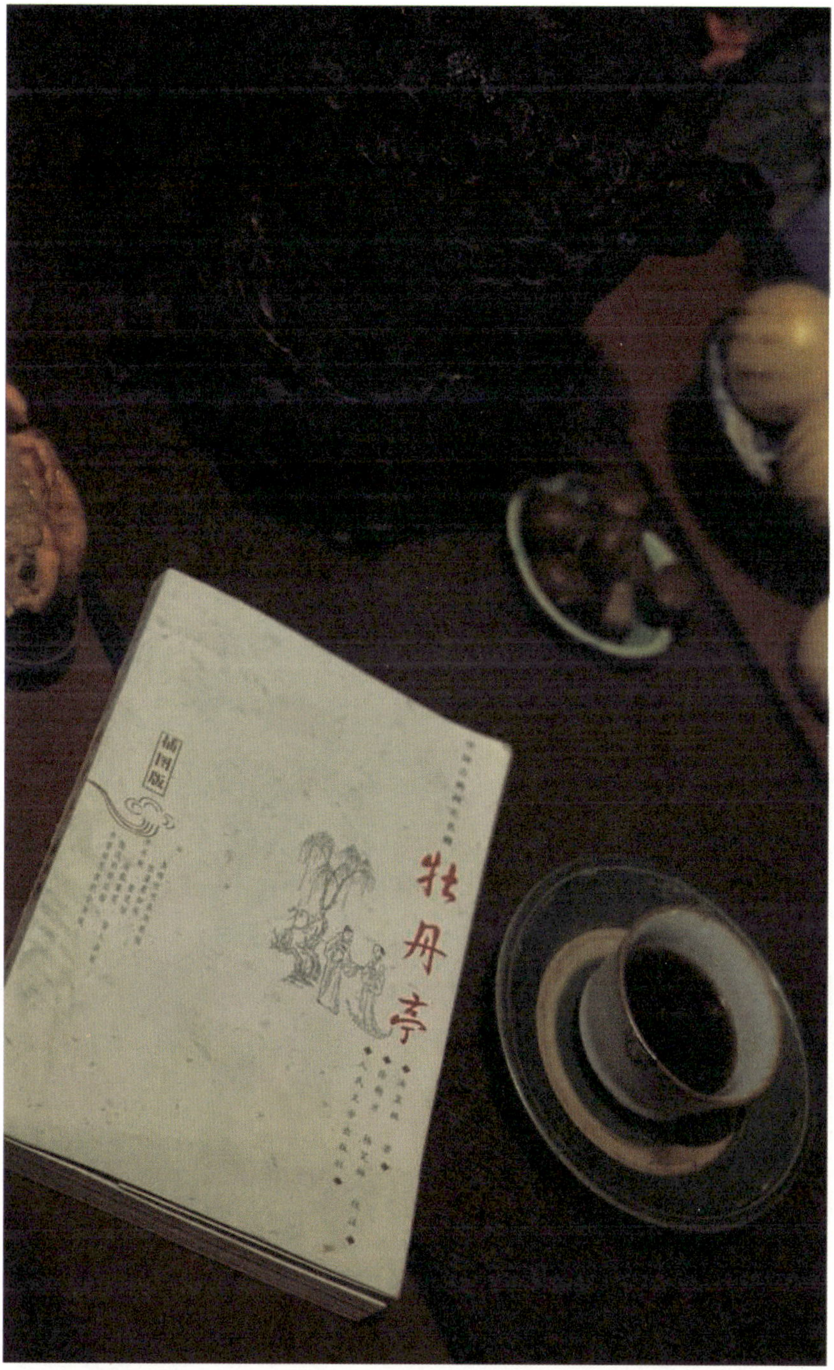
牡丹亭

立冬·寒蝉

落叶离枝争，狸奴目盼艳。
无酒饮西东，默许亭下星。

友聚壬寅·冬

明月清风枯树,将军府宅老屋。
一盏茶述古初,道不尽人间储逐。
一席友聚如初,举杯共祝壬寅舒。
莫望红尘世故,只愿友聚缘初!

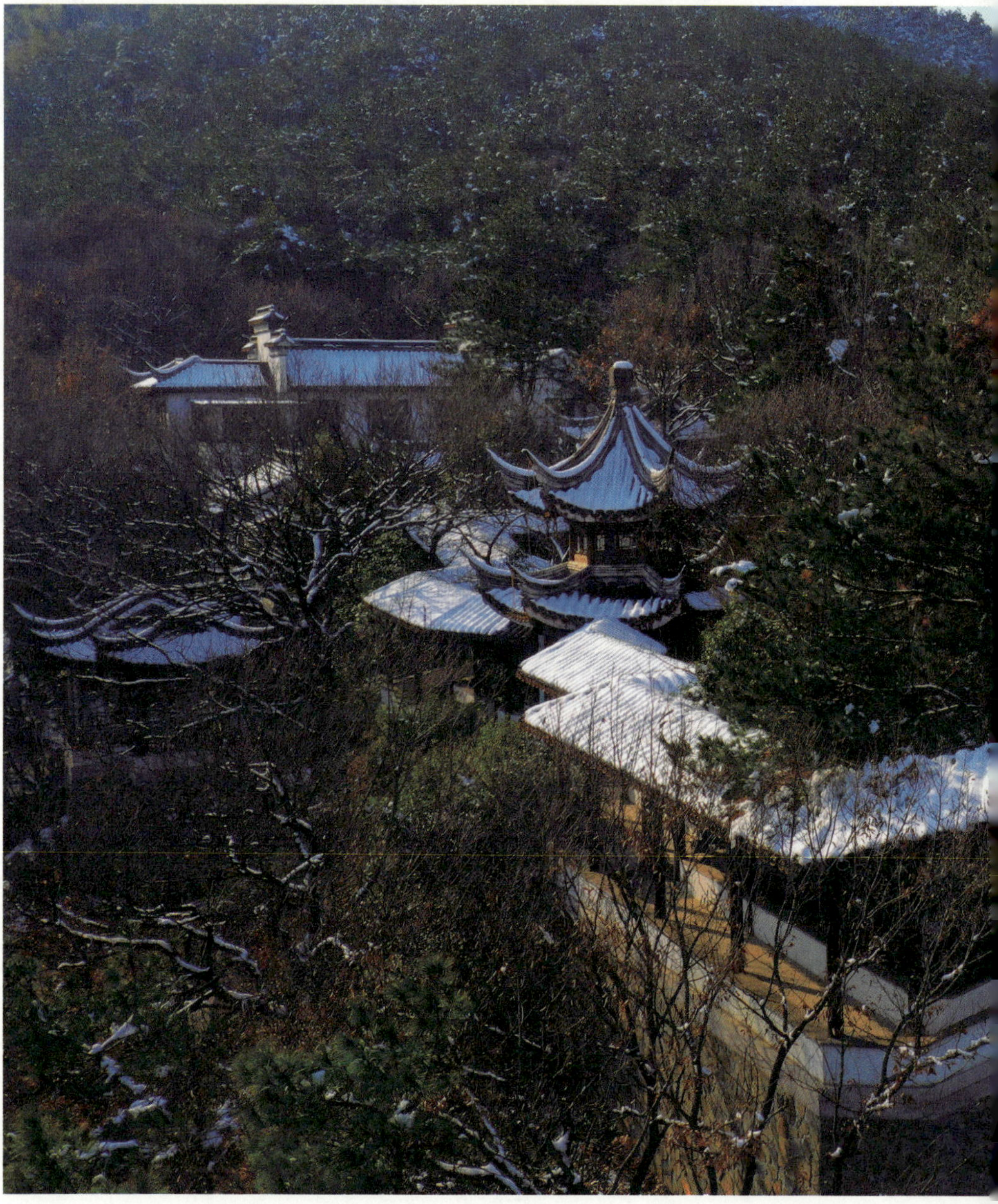

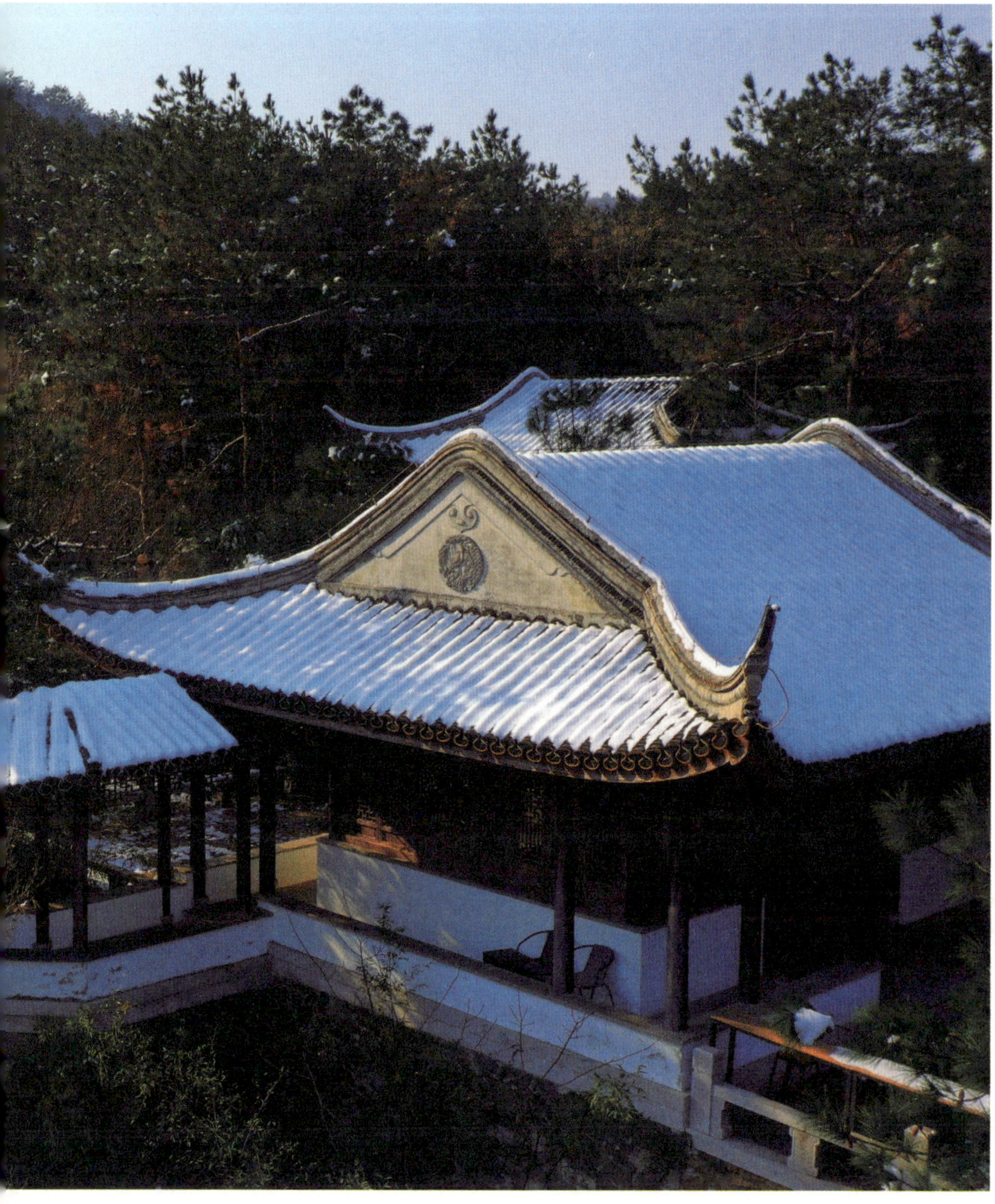

将夜·初冬

晓夜思烛台,
憩膝悯狸腮。
柴裙露肩窄,
暮暮阅堂钗。
只语焉能爱?
未解迷者猜。
情有意将埋,
　牧者哀。

初冬阅·夜半

晓暮听风响炉翁，倚岸帘卷悦诗风。
潺潺软雨暖珠盛，墨香眉梢点点升。

破晓·山居

破晓问黎明,半月阁忠仁。
羲和掠邦宁,小嚏惊山人。

作者注:拍此文配图时,看宁邦寺师傅正在寺里打扫卫生,怕扰了师傅,就轻声走过去侧门拍,结果可能是早上空气太好,刺激了鼻子,连打了两个喷嚏,把师傅吓了一跳,便有此诗。

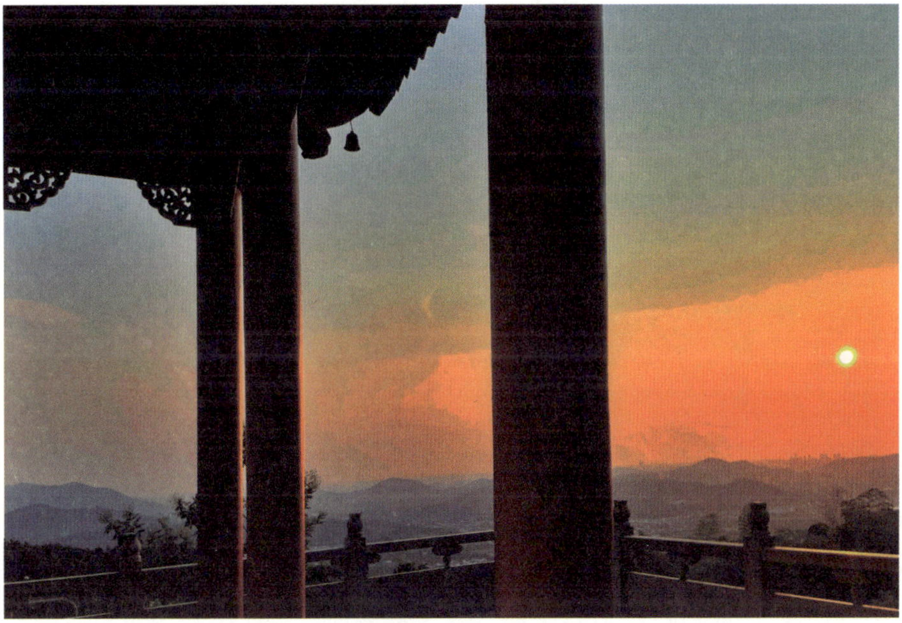

回邓仙公词·玩月山居

青山翠竹映古树,寒梅腊月枝包无。
牡丹亭下昆曲逐,雅士齐聚玩月蜀。
古有贤祖创曲书,今朝周公桃李储。
沁箫梦笛肉声助,醉笠仙山居者孺。

小养生以食之，大养生以修之

  人间本无愁，欲多便生忧。
  男儿当外谋，女子解家忧。
  长生道之寿，世人皆在求。
  多以食补救，可知心静修？

  作者注：读过4次《黄帝内经》，最大的心得便是：治大国如烹小鲜。一个国，一个企业，一个家，一个器官，都有其正向运转规律（先内修，一切都是自然的事），道法自然，知行合一。世人都在寻求养生长生之道，大多以为食乃最好的养生，殊不知千百年来我们传承下来最大的养生法是修心，心静了，明悟开，万事顺则康健！

長風由來几万里
小樓从此數千年

穹窿福地

穹窿山玩月山居

隐修·山居

吾愚自愚之以快,
大我无我无我执。
语山语市语凡尘,
吾与含笑两喧闹。

大雪·壬寅

寒暑易更乾,大雪壬寅间。
疫害又三年,青竹变银签。

穹窿逐雪·玩月山居

登高远眺皆穹窿，疆寒翠竹琼花汀。
灰瓦琉璃素颜醒，此生逐愿此山中。
硃红一抹皑皑行，轩窗煮酒醉竺峰。
百花不及此花清，唯有芳心付苍穹。

隐居穹窿·玩月山居

太湖远黛绿竹松,仙境穹窿似天宫。
春笋娇颜玉烛丛,夏荷难抵蝉羽生。
秋色百般世间红,冬梅阅尽春秋翁。
玩月山居一溪亭,对影轩下对饮中。

送给藏北女神——珠穆朗玛

世界屋脊万丈颢，惊艳苍穹破嫦翱。
斗转星移浩海罩，空寂独秀掣月巢。
玉黛情语诉峰峄，娇羞腰间纱翼曲。
弈怯还羞臂如脊，俯首峦迭兄皆依。
莫问盘古娲意何？巅峰独孤上古奇。
酉鸡江南遇飞翼，珠穆朗玛舞云膝。

梦忆·冬至

昨日宵梦艳，晨间入体铃。
冰山遇莲融，阶阶踏情深。
内观高振频，念过无痕经。
杯酒杜李中，冬至夜卿卿。

坡山牧云记

霞抚云海龙腾翼,坡山幻影无边际。
竹阁木梯土作篱,逐路登眺山水宜。
慕闻山菊云上倚,茫茫云村无踪迹。
苍茫翠竹曲中已,墨守云归峰无疾。

作者注:坡山的云海如巨龙展翅,云海的翻腾使坡上村忽隐忽现。竹楼上木梯、土篱笆是坡上村的特色,沿着小路远眺,山水如梦似幻。听当地村民讲,这里的菊花开在云海间,每到春秋季的清晨,村庄便会在云海间若隐若现。茫茫的竹海间隐现笛子的声音,望着远方的美景,不知不觉自己已然融入画卷中。说话间,云海褪去,祈祷云海明日清晨依然归来。

穹窿·听冬雨

青葱小雾牧云霆,仙居穹窿半世情。
滴雨未停吾尽行,山间难掩避市醒。

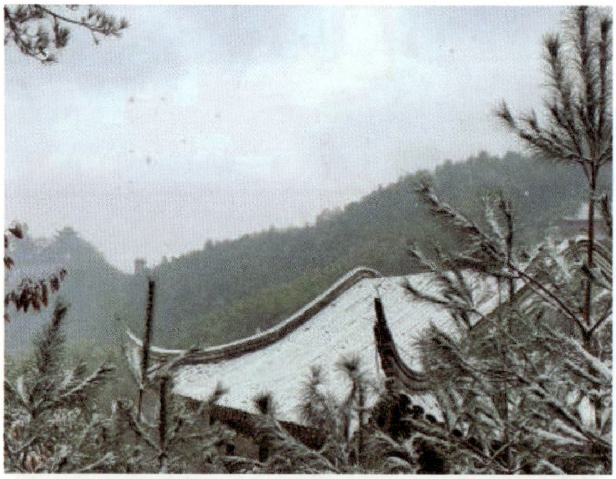

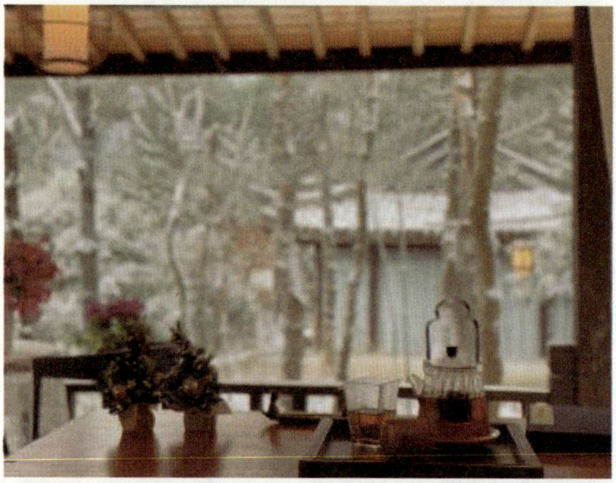

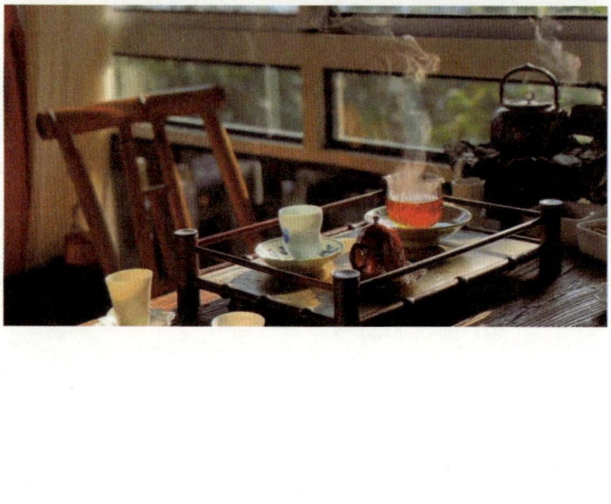

品茗踏雪·山居穹窿

翠竹抚青筝,雪松入帘迎。
茗香小年逢,寒暑醉穹窿。

壬寅年·腊八·雨夜

腊八无雪弃裳弦，落花飞雨并肠煎。
帘外厅兮羽落前，案榻茶香似云仙。
俯首辛丑忆流年，座地轻者意中变。
浮云众生皆善念，只因思修宇宙间。
无伤无感亦无烦，清修墅里谁人闲。
莫道人间未寝眠，他人与己本无暄。

举杯邀明月

我热爱繁星,
但更钟情皎洁的月色,
如果让我选择,
我会毫不犹豫地选择孤傲的月……
纵使你如此稀缺,
世人都想一睹你的真颜,
但仍不影响我热爱你冷艳的气质……
我热爱你用凄美的幽光照亮黑暗的夜,
我热爱你温柔地藏起你所有的光芒,
我热爱你桀骜不驯的风骨,和普世的荣光……
即便世间人都在等待你的临幸,
我也无怨无悔地着迷你的肩膀……
纵使有一天你选择了太阳,
我依然会在心中默默守护着唯一的你!

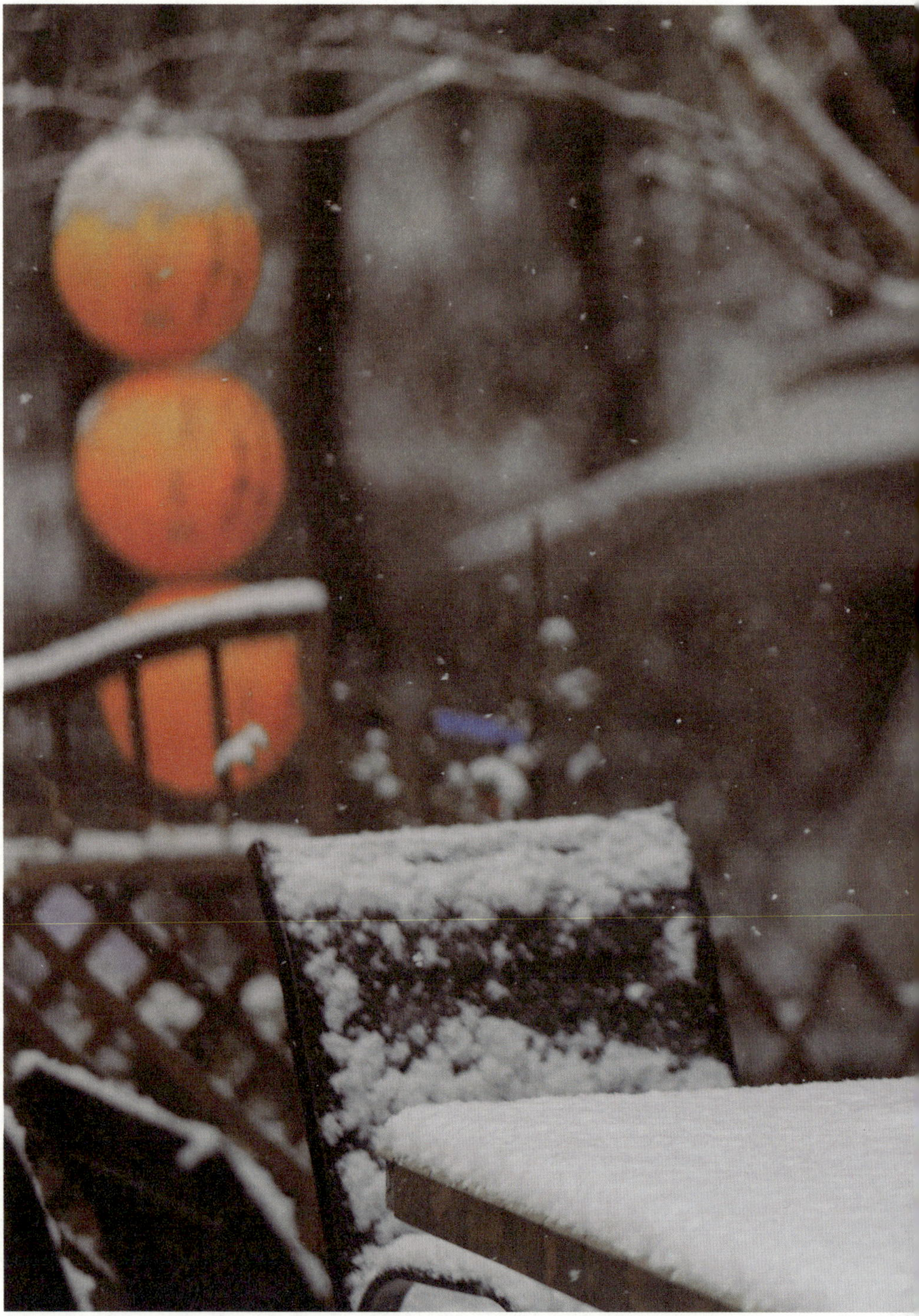

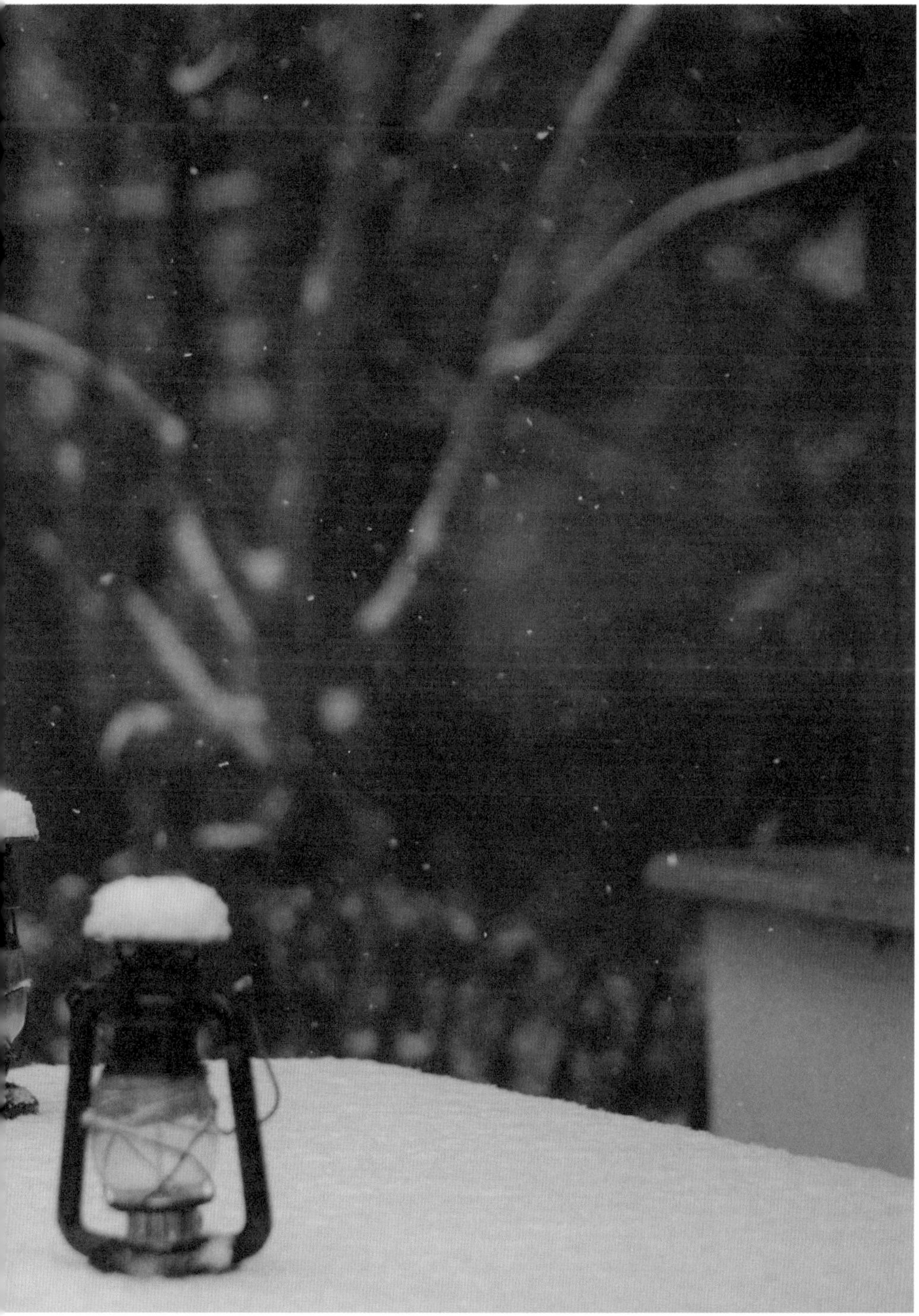